安杰 · 著

SHENCHU

中国出版集团 现代出版社

图书在版编目（CIP）数据

深处/安杰著. --北京：现代出版社，2018.3
ISBN 978-7-5143-6881-9

Ⅰ．①深… Ⅱ．①安… Ⅲ．①长篇小说－中国－当代
Ⅳ．①I247.5

中国版本图书馆CIP数据核字（2018）第035980号

深处

作　　者　安　杰
责任编辑　杨学庆
出版发行　现代出版社
地　　址　北京市安定门外安华里504号
邮政编码　100011
电　　话　010-64267325　010-64245264（兼传真）
网　　址　www.1980xd.com
电子邮箱　xiandai@vip.sina.com
印　　刷　北京一鑫印务有限责任公司
开　　本　710mm×1000mm　1/16
印　　张　14
字　　数　145千
版　　次　2018年3月第1版　2022年7月第2次印刷
书　　号　ISBN 978-7-5143-6881-9
定　　价　49.00元

目录

CONTENTS

第一章	001	第七章	113
第二章	016	第八章	127
第三章	032	第九章	144
第四章	055	第十章	158
第五章	076	第十一章	173
第六章	100	第十二章	192

第一章

Chapter 1

同事范丽芳和患者在输液室吵起来的时候，洪河镇卫生院护士秦羽菲从宿舍刚刚来到隔壁收费室。

清晨 7 点，被手机闹铃惊醒后，秦羽菲还有些迷迷糊糊。昨晚贪于读完村上春树《挪威的森林》，睡得就有些迟。慵懒地在床上赖了大约两三分钟，她才慢慢起了身。八年来，只要起了床，一天光阴又不可避免地进入日复一日的单调的重复之中：简单地梳洗一下，收拾完卫生，就开始做早饭。

在机械地重复这些早已设定了的程序的同时，秦羽菲的注意力不可抑制地被一种无形的力量扭转到昨晚的那场阅读中。村上笔下的女主人公直子，只要聆听披头士的名曲《挪威的森林》，就觉得自己迷失在森林深处，那种迷惘的感觉，是一种怎样的绝望呀！秦羽菲不是个多愁善感的人，直子的感触，却让她心里酸酸涩涩的，似乎又回到了那曾经烟雨蒙蒙的青春时代。

在神游天外的思索中，手里的活儿似乎只是下意识的。很快，早餐就做好了。一盘生青椒丝，一盘家常醋溜土豆丝，一个馒头，有时候是两个素馅小包子，以及一碗西红柿鸡蛋汤，这是每天早饭基本不变的全部内容。青椒、土豆和西红柿是自己在院子里种的，鸡蛋是集日从提着篮子叫卖的老大妈手里买来的，馒头和包子则是从远在市里的家中做好带到单位的。饭菜虽然简单，她照样吃得津津有味，仿佛在品尝世间最美的珍馐佳肴。

吃罢洗涮完，秦羽菲拿起那个略显老旧的玻璃杯，在伴她度过八年岁月的红色暖水瓶中倒了一杯水，这个外壁刻着"人生若只如初见"的杯子，是结婚前周一斌第一次来卫生院看她的时候买给她的礼物。红色暖水瓶是参加工作父亲送她报到的时候，买给她的生活用品。这两样东西，于她都有着特殊的纪念意义。端着水杯来到那间面积不足 10 平方米的收费室，她看看手机屏幕，显示的是早上 9 点，时间刚好合适，新一天的工作正式开始了。

秦羽菲工作了 8 年的洪河镇卫生院，是这个不设区的市里最偏僻的镇卫生院，算上院长总共 9 个人。诊断、检查、收费、取药、护理、公共卫生服务、新型合作医疗等，都要这 9 人来完成。在乡镇卫生院，无论你是什么专业出身，一人兼多职就是常态。她出身农家，省医学院护理系毕业，一参加工作就分配到洪河镇卫生院。在这 8 年中，除了没有当过院长之外，几乎把所有角色都体验到了。准确地说，她曾经客串过一回院长：有一次，市卫生局局长来检查工作，恰好院长到村里组织65岁以上老年人健康体检，留下值班的两个人中，她来卫生院的时间早，知道的情况也多于另一个小姑娘，就陪着局长把院里的情况做了详细的介绍。局长问及单位以后的发展设想，她甚至还颇有见地地提了几条建设性建议，局长对此十分满意，后来在某一次卫生系统领导干部会议上高度表扬她，称赞她"以医院为家，有强烈的主人翁意识"。

和秦羽菲一起工作的人，换了一茬又一茬，只有她没有走。对此她虽然有些怅然，但也不过分气馁。生在一个叫江离的偏僻小乡的秦羽菲，早已习惯了生活在这偏远与荒凉的地方。对于好不容易才跳出农家之门的她来说，对眼下这种工作环境已经很满足了。尽管已经整整8年，她却完全做到了安之若素。唯一遗憾的就是不能经常见到儿子豆豆，小家伙让她时时牵肠挂肚。

这个仲夏的早晨，院里鲜花盛开，屋内刚刚洒扫完毕，空气十分清新，一切都是那么美好。收费室的窗外已经排着几个等候缴费的患者，她抛开无法调回市里老公和孩子身边的怅然，心平气和地接过一个患者递进来的处方开始收费。恰在此时，从隔壁输液室里传来一个男人气急败坏的喝骂声。秦羽菲停下鼠标，只听了两句，马上明白，是同事和患者发生了争吵，赶忙放下手里的处方，向缴费的人解释几句，来到隔壁输液室。

洪河镇卫生院在小镇唯一一条街道的东头，一个四面围墙圈起来的大院子里，所有建筑都是20世纪的老旧砖瓦房子，而且房间也不多，有些房间有多种用途。收费室隔壁的这一间，既是门诊输液室，又是住院病房。平常不太有住院病人，只有偶尔来的几个门诊输液的人或坐或躺在里面。到门口，秦羽菲看见一个穿着背心的青年人一只手捂着另一只手，脸涨得通红，正在大声喝骂她的同事范丽芳："我这是人的身体，可不是猪肉，你扎了一遍又一遍，都5遍了，还扎不上，你到底有没有这个本事啊？"

秦羽菲立刻知道是怎么回事了。范丽芳去年才参加工作，两个月前从一家条件很好的卫生院调到洪河镇，从繁华之地来到偏僻之所，内心十分憋屈。屋漏偏逢连夜雨，最近她又和恋爱几年的男朋友分手，悲伤更深，整日闷闷不乐。这样的状态，难免不和患者产生矛盾。

秦羽菲急忙进去拉住她，劝阻她不要争吵。范丽芳挣脱她的手，使劲一扔输液器和胶布，说："我就这么个本事，你爱来不来呢！有本事你就坐飞机到北京、上海的医院去看病啊！那里肯定没有人会把你当猪肉扎！可惜呀，你只怕和我一样，没有这个本事呢！"

年轻人双目圆睁，大喊："你什么态度啊？你这个医院关门了我就去北京！你还没有关门呢！"

秦羽菲再次拉住范丽芳说："少说几句吧！扎不上针就言语一声，怎么能跟病人吵架呢？"转头向年轻人道歉，"对不起，别和她一般见识！我给你扎"！利索地更换了输液器针头，准备给他重新穿刺。

年轻人一边伸直了手臂配合，一边气咻咻地对秦羽菲说："要不是看在你的面子上，我揍她的心都有了！简直太没有教养，这样的人，根本就不配白衣天使这个称号！"

秦羽菲赔着笑脸："别生气了！我好好劝她，保证不会再有下次！"

范丽芳似乎也有些胆怯，鼓着嘴在一边冷眼旁观不说话。

这时候，门外又进来一个人，看看里面几人，说："有人吗？我输液！"

范丽芳的火气有了新的发泄对象，转头呵斥道："怎么说话呢？长眼睛了没有？什么有人没人的？我们不是人吗？"

这人微笑着说："好啊，那么你这个'人'就给我输下液吧！"

范丽芳被他加重语气的"人"字再一次激怒，声色俱厉地说："你是没事找抽型的吧？"

秦羽菲才将先前那个年轻人安置好，回过头来范丽芳又和刚进来的患者吵了起来，感觉她实在过分了。但是却不能不管，无奈之中，她还是招呼后面来的人："我帮你吧！"

这人三十七八岁，穿着一件白色的短袖，两眼炯炯有神，面相看上去很和善。秦羽菲第一感觉觉得这人风度翩翩，像极了《霸王别姬》里面张国荣的扮相，甚至连皱眉的样子都特别像，这是个什么人呢？

这人看看秦羽菲，又转头问范丽芳："你是这里的护士吗？对待病人怎么是这种态度？"

秦羽菲说："不好意思，我代她向你道歉！她最近有些事情很不顺心，平常她不是这样的！"

这人说："这可不好！不管自己有多大的事情，也不能向病人撒气！这是职业道德和工作纪律不允许的事情！"

秦羽菲再次道歉说："她知错了。你看，她不是已经不和你争辩了嘛！你别生气，先坐着休息会儿，我来给你处理！"

这人说："先别急，你叫什么？她又叫什么？我找你们院长把这个情况反映一下！这样下去可不行！"

市卫生局规定，有病人投诉，一经查实，扣除当月效益工资。范丽芳心里着急，没有想到会遇上一个这么认真的人。她只好转过头，求救地望着秦羽菲。

尽管秦羽菲很生气，依然赔着笑脸说："对不起，真的对不起！我叫秦羽菲，您向院长反映我可以的，但是对她就算了，她还是个孩子呀！"

这人点点头，边往外走边说："好，秦羽菲，我记住了！"

范丽芳涨红了脸："惨了，他真去找院长了！"

秦羽菲虽然劝范丽芳别担心，其实自己也在嘀咕，范丽芳的确有些过分，院长教训一下也是应该的。不过，直到下午下班，院长都没有找她们问话。范丽芳高兴起来说："那个人看来也不是太坏，没有投诉我们！"

秦羽菲说："这次过去了，你可要记着，以后不能这样了！再有下次，别怪姐不帮你！"

范丽芳吐着舌头，笑说："秦姐，我记住了！这次多谢你了！"

一周之后的这个下午，秦羽菲正在输液室配液体，院长叫她去一趟，有重要事情说。秦羽菲边走边想：什么重要的事情，弄得这么郑重其事的？天气炎热，院长办公室的门敞开着，高高瘦瘦的洪河镇卫生院院长坐在桌前写着什么，秦羽菲敲敲门，院长抬头看看，示意她进来。

院长写完最后几个字然后摘下眼镜，揉揉眼睛，一副古怪的表情说："小秦呀，你把我瞒得好紧啊！"

秦羽菲不解，说："院长，你说什么呢？有什么事情，我瞒着你了？"

院长递给她一份材料，说："你自己看吧，还说没有瞒我！"

秦羽菲接过来不觉大吃了一惊。这是一份印着市卫生局大红文头的文件，标题是：关于秦羽菲等二十名同志工作调动的通知。文件正文中，秦羽菲列在头一个，赫然是从洪河镇卫生院调市人民医院工作。

院长长长地吐了一口气，不无嫉妒地说："也没有见你怎么到市里去跑，怎么一下子就调到市人民医院了？这可是咱们这一行人人都羡慕的地方啊！我天天都做梦自己能调进去呢！你说，这好事怎么就叫你赶上了呢？"

秦羽菲知道院长说的是真心话，洪河镇卫生院实在太远了，距离市里有150多公里，很不方便，只要能调到市里，当不当院长倒无所谓的。她也知道，现如今，办什么事情都讲究拉关系、走路子，自己在这里待了8年都挪不动一步，现在忽然能调到人人梦寐以求的市医院，简直是天上掉馅饼的好事，别人一定首先想到的就是自己曾经如何求人如何送礼，院长说自己去跑关系也无可厚非。只是她的确没有跑过关系，亲戚朋友也没有人帮她。丈夫周一斌就更别说，从开始谈恋爱就在想办法调她到市里，结婚5年了，几经周折这个愿望依然没有实现，这一次当然也不会是他的功劳。这究竟是什么原因，有这样的好事情呢？秦羽菲的心怦怦直跳，几乎怀疑是在梦里。

院长还在絮絮叨叨地说着什么，秦羽菲一句话也没有听进去，转身跑出院长办公室。这个消息实在太意外而又实在太叫人高兴了，应该马上找个人分享喜悦和幸福。她的手几乎是颤抖着立刻拿出手机，无比欣喜地报告给丈夫周一斌。

比秦羽菲大一岁的周一斌，是她高中同班同学，两人同一年考的大学。毕业后，按照新参加工作的人员全部下基层的惯例，她被分配到乡镇卫生院，而周一斌有个在市建设局当副局长的姑父，托他的福，分配在市规划局。一参加工作，周一斌就向秦羽菲展开了攻势，很快就俘获了她的芳心。周一斌一年后调到市建设局，和秦羽菲结婚的前一年当了办公室副主任。这几年，只要周一斌一有机会就往秦羽菲这里跑。小小的市建设局办公室副主任，不过是个芝麻粒大的股级干部，除了偶尔搭帮包工头的便利坐一下顺风车之外，是没有机会用单位公车的，往返300多公里的路程，颠颠簸簸坐班车把他坐得厌烦透了。但是，不来不行，媳妇在这里呢。周一斌千方百计想把秦羽菲调回市里，但总是不能成功，当副局长的姑父这时候早已退休了，他没有任何关系可以利用，多方奔波却毫无结果，他都失去信心了，认定秦羽菲要在洪河镇卫生院待上一辈子，他们就只有"周末夫妻"的命，要把现代版的"牛郎织女"演绎到底了。

秦羽菲掩饰不住内心的喜悦，激动得声音都有些变调："老公，告诉你一个好消息，我调到市医院了！"

周一斌慢吞吞地说："老婆，你做梦呢还是发烧呢？这样的好事能轮到咱们头上？"

秦羽菲说："我既没有做梦，也没有发烧，这是真的，千真万确！"

周一斌说："老婆，你就别逗了，明天就是礼拜五了，下了班我就赶最后一趟班车来看你！"

无论秦羽菲怎么说，周一斌就是不相信。秦羽菲急了，抬高声音嚷嚷："老公，真的，没有骗你，我刚才都看到文件了，标题还有我的名字呢！不信，你打电话问问市卫生局啊！"

周一斌慢条斯理地说："真的吗？你等等，我问问市卫生局的人！"

秦羽菲娇嗔说："哎呀，你问什么呀？这是真的！"

周一斌这才相信，惊喜地叫："真的？老婆，这可太好了！以后，咱们就可以天天在一起了！周一斌的幸福生活就要开始了！"

周一斌兴奋的神态，隔着电话都能感觉到。秦羽菲更加喜悦了，故意说："看把你高兴的！以后在一起了，要你伺候我！"

周一斌坏坏地说："我乐意伺候你呢！只要天天能在一起甜蜜，你要我当牛做马，我都愿意！"

秦羽菲和周一斌把夫妻生活称为"甜蜜"，周一斌这样一说，秦羽菲红了脸，心头有如小鹿在乱撞，说："你真不是个好人！快别贫嘴了，明天趁早请假来帮我搬家！"

周一斌兴高采烈地说："遵命！老婆大人！"

给周一斌说完这件事情，秦羽菲又迫不及待地给父亲打了电话。父母亲一辈子都生活在农村，8年前她到洪河镇卫生院上班的时候，父亲坚持送她来报到。父亲看到偏僻的洪河镇，简陋甚至破败的卫生院，一直很挂念她。父母亲最大的心愿就是她能尽快调到条件好一些的地方，最好能直接调到市里和周一斌在一起。现在愿望终于实现，父母亲特别高兴。母亲说着说着就哭了，说她8年里遭了不少罪。她赶忙安慰母亲，她现在不是好了吗？母亲又破涕为笑。挂了电话，她心里酸酸的，又喜又悲。

市人民医院位于市区西部，5座大楼气势宏伟、排列整齐，院子里团花簇锦、绿茵遍地，就诊的患者和身着洁白工作服的医护人员来来往往，一派忙碌。秦羽菲满怀激动，站在门口看了好一会儿。一想到从今以后，自己就要在这个优美舒适的环境里工作，一阵自豪和喜悦油然而生，内心无限豪壮地喊了一声："市医院，我来了！"她立刻觉得这有些矫情了，吐吐舌头看看周围，没有人注意自己，就偷偷笑了。

第一件事情，当然是到院长那里报到。院长办公室在医院行政楼三楼，秦羽菲一边顺着楼梯往上走，一边想：不知道院长是个什么样的人？也许很严厉吧？市人民医院有800多名职工，不是个严厉的人，管不好这么大一个摊子呢！到院长办公室门口了，她不禁有些惶恐，稍微站了一下，定定心神，才不轻不重地敲响了门。待里面传出一声"请进"，她才轻轻推开门走了进去。

院长办公室装修得简洁明了，不豪华却十分得体。左面墙上是一排书橱，摆满了各色书籍，中间墙面整个是陈列橱，放满了各式各样的奖杯和获奖证书，无声地诉说着这里的主人灿烂辉煌的过往。一张宽大的班台摆在靠西面的正中间，大班台后面，坐着一个三十七八岁的人，穿着白色的短袖，理得很短的头发显得很精神，只是他低着头，秦羽菲看不清他的长相。她暗暗惊讶，院长也太年轻了吧？她总以为，市人民医院的院长是个至少 50 岁的老头子了。

秦羽菲说："高院长好，我是新调来的秦羽菲，向您报到！"

市人民医院这位叫高彦华的院长放下手中的笔，抬起头来，微笑着说："小秦啊，我们又见面了，欢迎欢迎！"说着话，站起走过来和她握手。

高彦华站在秦羽菲面前，她顿时愣住了，几乎是叫起来："高院长，您……是您啊？"站在秦羽菲面前的这个人，简直像极了《霸王别姬》里面张国荣的扮相，居然就是前几天在洪河镇卫生院被范丽芳抢白过的那个人。她真的疑惑了，堂堂市人民医院的院长，跑到最偏僻的乡镇卫生院输液？什么意思嘛？

高彦华笑了："怎么，怀疑我啊？我就是市人民医院的院长高彦华，如假包换的高彦华！"

秦羽菲也笑了："上次到洪河镇卫生院，您是路过来和我们开玩笑的吧？"

高彦华招呼秦羽菲坐下，走回大班台后面坐下说："我郑重声明，那次我是专门到洪河镇卫生院的。咱们医院里护理人员短缺，我向市卫生局打了报告，市卫生局局长同意我自己到乡镇卫生院跑一圈，物色好人选，局里再下文调动。那几天，我专门跑到下面了解情况，恰好你撞到我的枪口上了！我看你不仅技术不错，更重要的是对工作的担当意识和负责态度很难得！当然，后来我还查阅了你的档案，省医学院毕业的专业人才嘛，年富力强，医院就需要这样的护理人员！"

秦羽菲这才明白她调到市人民医院到底是怎么回事了，这，这也太偶然了吧？她发自内心地说："原来院长您是'微服私访'啊！不过，高院长您真的过奖了，您见到的只是我日常的工作！说实在的，我很奇怪，自己又没有什么人帮忙说话，居然就调回市里了！原来是搭帮您啊，真是太感谢您了！"

高彦华爽朗一笑说："不必感谢，这是你应得的！要是你像那个叫范丽芳的小姑娘，那么即使是我的什么亲戚朋友，我都不会调她回来的！这小姑娘，真的应该好好教育教育！"

秦羽菲说："您当时说要告诉我们院长，后来也没有见院长找我们谈！"

高彦华哈哈大笑，说："我难道真的要做一个打小报告的小人吗？我不给你们院长说，但是把你调回市医院，那个小姑娘知道了，会怎么想？这个教训，比你们院长给她谈10天话都要管用！"

秦羽菲承认，范丽芳要是知道自己是因为这个原因调回市里的，对她的教训不知道有多大，她一定后悔得要命。想到范丽芳悔恨的样子，秦羽菲觉得，这对她简直有点儿残忍了。可是，事实就是这样，机会无所不在，关键看自己怎么把握。

高彦华喝了一口茶，慢条斯理地说："对于这次调回来的20名护理人员，院务会议已经做了研究，分配你到内三科工作！科主任、护士长都已经接到院里的文件了，你去报到吧！"

秦羽菲站起说："高院长，这次能调到市医院，我做梦都没有想到！真的太感谢您了！"

高彦华呵呵笑着说："不用感谢我，我说了，是你自己应得的！你心安理得地去上班就行了！"

对秦羽菲而言，因为这么个原因调到了市医院，比调到市医院本身更叫她意外。但是，比这些更加重要的，是她调到市医院这个事实。她在这一连串的惊喜中，走出了高彦华的办公室。

内科住院楼在门诊大楼的后面，整个病区宽敞而明亮，洁净又温馨，给人一种回家的感觉。在内三科报到的时候，秦羽菲意外地发现，老同学江小曼居然和自己同一个科室，真叫她喜出望外。原本以为都是陌生人呢，有了一个熟人，就多了一份自在。年纪40出头却依然丰姿绰约的护士长黄晶晶把秦羽菲介绍给大家，江小曼亲热地握着秦羽菲的手，热烈地说："行啊你！不声不响地就调上来了，要好好庆贺一下呀！"

秦羽菲说："你比我更行呢，早都调上来了！我才来，算什么呢！"

江小曼和秦羽菲一样，省医学院护理系毕业，分配到另一个乡镇卫生院工作。不到两年，她就与市政府办公室一个秘书谈上恋爱，很快两人就结了婚。不久，秘书丈夫就利用在政府工作的便利，找领导把她调到了市医院。算起来，江小曼调到市医院要比秦羽菲早5年多呢。江小曼皮肤白皙，圆领的衬衫颇有弹性，两个乳房简直呼之欲出，有一种明显的在洪河镇卫生院那些女人中看不到的鲜活气质。看着江小曼悠然自得的神情，秦羽菲就知道她这几年日子过得很优裕滋润。

在内三科工作了大半天，对整个病区的基本情况有了些了解，秦羽菲暗自感慨，市人民医院就是不一样，环境和设备，乡镇卫生院根本就望尘莫及。这里的护士，才是真正干的护士专业的工作，哪像她，在洪河镇卫生院 8 年时间里，充其量只是个打杂的而已。上班的第一天，秦羽菲就做了比在洪河镇卫生院 10 天还要多的工作。尽管忙碌，却是充实的，这样的工作条件，她很满足了。

到市人民医院上班的第一个下午，秦羽菲兴高采烈地回家，轻盈的脚步掩饰不住内心的喜悦。天上居然也会掉馅饼呢，纠结多年却无能为力的调动竟会这样意外而得，简直就像做梦一样。她做着饭，一面等周一斌回来，一面满心欢喜地哼着歌曲："我不能忘记你的样子，我们一起过的苦日子，我们一定相爱一辈子，我永远是你的新娘子！"

周一斌很快就回来了，一进门，就一把抱住秦羽菲，不容她说话，一下子吻在她柔软的红唇上，吻得她几乎喘不过气。周一斌冲动的样子，好像要把自己拱进女人的身子里，又像要把女人装进自己的胸膛。秦羽菲好不容易腾出嘴，附在男人耳边哧哧笑着说："瞧你这猴急的样子，又不是没有做过这个！"

晚上上了床，周一斌无限温存地搂着秦羽菲，亲吻抚摸着她。古书上说，丰乳肥臀的女人，宜室、宜家、旺国，聪慧、有福、大智。在床头灯柔和散漫的光影中，秦羽菲丰满的乳房如白玉一般，健美结实的臀部显示出一股旺盛的生命力。她显得十分渴望，他就更加亢奋。她天生心里不装事，处处显示出一种孩子气，他就喜欢她这种样子。她紧紧地贴附着他，仿佛想钻到他的身体里去，和他融为一体。

就如周一斌说的，他们的幸福生活终于开始了。儿子豆豆才 3 岁，由公公婆婆带着住在公公单位改造为职工家属院的小独院里，新买的三居室楼房只有秦羽菲和周一斌夫妻两人住。房子在市里最新开发的一个叫"水天一色"的小区，前面有湖，后面有河，环境十分优美，绿化和亮化特别有档次。中午下班回去，周一斌早已兴高采烈地做好了饭，他每天没有多少事情，中午可以提前回来一会儿，早回来的这一会儿完全够做饭了。秦羽菲心里美滋滋的，吃着饭，不住地夸奖周一斌，周一斌就像小孩子一样高兴，黏着她撒娇。下午她5点下班，回去得早，等周一斌回家，她就已经做好了饭，两人又美滋滋地大快朵颐。不值夜班的晚上，他们就会带着孩子在外面散步，或者在家相拥着看电视，日子温馨而又宁静。秦羽菲想，生活一直就这么过，该多好啊！

第二章 Chapter 2

10年前，秦羽菲在市医院短暂实习过两个月。那时候的市医院还比较老旧，楼房和平房杂乱无章地排列，病房里设备简陋，医护人员水平参差不齐。10年过去了，市医院的变化天翻地覆，所有的平房和旧楼房全部拆除，建起了排列整齐的高层楼房，病房内面貌焕然一新，医护人员整体素质有了大的飞跃。在洪河镇卫生院的时候，虽然她也听说过一些市医院的事情，但是就像知道高彦华是院长却没有见过一样，毕竟只是道听途说，现在亲眼见到，而且还在这么好的环境里工作，一种自然而然生出的优越感，让秦羽菲一段时间里都激动不已。

有天下午，内三科病区就诊的患者不多，护士站里静悄悄的。秦羽菲正在写护理记录，护士长黄晶晶走过来不冷不热地说主管业务的赵副院长找她，要她立刻去一趟。黄晶晶面无表情，完全没有平日那种叫人如沐春风的和气。秦羽菲心里奇怪却不能多问，放下手里的工作，径直去副院长赵大生的办公室。

正好江小曼也在护士站，看黄晶晶走了就跟过来，悄悄对秦羽菲说："老同学，你可要把持好啊！"

秦羽菲一怔，问："什么？"

江小曼却冲着她神秘地一笑，嘻嘻哈哈地很快走开了。

秦羽菲早就听人说过，赵大生副院长是著名的内科专家，市医院的元老，40出头，虽然过早地谢了顶，但人却十分精明能干。他从实习开始，到后来当副院长，在市医院工作20多年了，对医院的发展做出过突出的贡献，在业内享有很高的声望。只是，她一个小小的护士，和赵大生副院长根本没有什么交集，有什么事情值得赵副院长召唤呢？她不觉有些惶惑不安。

秦羽菲来的时候，赵大生正在电脑上开医嘱，见她进来，站起身招呼："这会儿正在忙吧？有个事情要和你谈谈，就叫你来了！"说着话从大班台后转出来，走到秦羽菲面前，伸出手来。

秦羽菲赶紧答应着："赵院长，您好！也不是太忙。您叫我，我就赶快来了！"她双手和赵大生握了，只觉得握着他的手滑腻腻的颇不舒服，想敷衍一下又怕他看出来，只好很尴尬地被他握着，心想赵副院长倒真有意思，叫下属来安排工作也这么客气地握手。

赵大生握着她手的样子就像中医在给病人把脉，好一会儿才松开招呼她坐下。他一边给她倒水，一边关心地说："小秦啊，到咱们医院也有一段时间了，感觉怎么样？还习惯吗？"赵大生过分的殷勤，表现得有些和身份不太相符了，秦羽菲心中那种怪怪的感觉越发强烈了。

接过赵大生递过来的茶，秦羽菲客气着说："习惯呢！咱们市医院各项工作都很正规，我在乡镇卫生院懒散惯了，好多东西都荒废了，要好好学习才行！大家对我都很照顾的！"她看着赵大生立在自己面前，两眼一直注视着自己，像一个收藏家在欣赏自己最得意的藏品，专注得甚至有些痴迷，她就非常不好意思起来，局促地一口一口喝着水。

赵大生说："那是当然了，越是大的医院，管理就越正规，机会也就越多。我们干这一行，到这样的地方工作，才有施展本领的广阔天地，也才有个人的全面发展！你调上来这一条路，是走对了！"

秦羽菲由衷地说："这都多亏了医院领导！要不是领导关照，我还不知道要在那个偏僻的小镇待多久呢！"

赵大生打个哈哈，说："小秦真会说话！调你上来，主要是高院长的决定，你不用感激我的！"

秦羽菲红了脸，着急地说："不，不，赵院长，对医院的领导，我都很感激！没有各位领导的关照，高院长也不能一个人说了算啊！"

赵大生走回大班台后面坐下，摇着椅子说："不过，说实在话，我倒是真的对你很关照的！叫你去内三科工作，就是我的意见，咱们医院内科的学术力量，在省内都是算得上的！而且，还有个意思，内三科的护士长黄晶晶，工作拖沓，很不称职，院里早就想让她下来，可是没有合适的人选，现在你来了，好好锻炼一段时间，就可以接她的班了！这是我安排你去内三科的真实用意，你可不要辜负了我一片心意呀！"

护士长黄晶晶工作出色，这是科室所有人一致的评价，在赵大生眼里怎么成了很不称职呢？秦羽菲十分意外，忙不迭地说："您别这么说，黄护士长干得不错啊！再说，我初来乍到，怎么能担任护士长呢？我们一起的姐妹，可是人才济济的，都比我资格老、能力强呢！我不行，真的不行！"

赵大生意味深长地说："这不是你说行不行的问题，而是院领导说你行就行！你好好干，我今天给你通个气，你思想上也好有个准备！院务会很快会通过这个决定的！"

秦羽菲涨红了脸，说："真的，我真的不行！"

赵大生两眼发光，又从大班台后面走过来，伸手在她肩上轻轻拍了两下，说："呵呵，我们的小秦还这么谦虚啊！谦虚是美德，但是有时候也要当仁不让！你的事情就是我的事情，我会一直关照你的！你可别忘了，要让我这个副院长关照也是得有资本和实力的！"

赵大生说着话，手搁在她肩上，似乎还在轻轻摩挲着。

秦羽菲觉得很不习惯，除了周一斌，再也没有哪个男人和她这么亲昵过。她心突突地跳着，脸直发烧，就装作站起来给赵大生添茶，顺势把他的手躲开。

赵大生热切地说："小秦，你真漂亮！你知不知道，咱们院里好多人在追捧你呢！"

秦羽菲脸红了，低眉说："赵院长，没有什么事情的话，我上班去了！"

赵大生依然沉浸在自我陶醉的情绪里:"你可能不知道,我说的咱们院里的好些人,也包括我这个副院长呢!"

秦羽菲敷衍着:"您真会说笑话!谁追捧我干什么呢?"

赵大生涎着脸凑过来,说:"追捧你,因为你是个美女啊!"说着话居然就把一只手伸过来摸她的脸。

秦羽菲恼羞至极,却怎么也不敢发火,头一歪,躲开赵大生的手,快步来到门前,边打开门往外走边说:"赵院长,您忙吧,我走了!"

赵大生说:"好吧,你去忙吧!我说的这个事情,你好好考虑一下,愿意的话,就给我个信儿!你要知道,在这个人才济济的大医院里,想当护士长的人可是大有人在的!"

秦羽菲简直太意外了:这就是传说中鼎鼎有名的赵副院长吗?真是百闻不如一见,怎么会是这样一个卑鄙龌龊的人呢?回到科室,她心中的怒气还没有平息:这家伙,当我是什么人了?

江小曼这会儿没有事情,正在把玩一支体温计,看她回来脸色不对,不禁扑哧一笑:"老同学,秦美女,看样子,是不是有人许诺叫你当护士长?你应该高兴才对啊,怎么反而好像不乐意了?"

秦羽菲似乎自己做错了什么事情,涨红了脸,说:"你说什么呢?"想到她先前说过的"要把持好自己"的话,似乎有些明白了:看来,许诺当护士长,是赵大生勾引女人惯用的伎俩,大家都是心知肚明的!她有些尴尬,"这么说,也有人许诺你当护士长了!"

江小曼说:"我才没有呢,我不漂亮嘛!"

秦羽菲说:"你像天仙一样,还不漂亮?"

江小曼说："说真的，你还会被他骚扰的，因为你真的太漂亮了！他身边不缺女人，但是缺像你这么漂亮的！"

秦羽菲说："怎么会呢？我不理他，他不就没有意思了。"

果然像江小曼说的，接下来的一段时间，秦羽菲有好几次接到赵大生的电话，声音简直叫她浑身起鸡皮疙瘩："小秦，想好了没有呢？你要尽快给我个准信啊！"他一语双关地说，"我都等不及了！"

秦羽菲心中生气，却不能发作，毕竟人家没有说什么太过头的话，而且，他主管业务，得罪不起啊！只好虚与委蛇着。这事也不能和别人说，对周一斌也不能，他是个小心眼的人，知道了会出乱子的，秦羽菲只有自己在心里纠结郁闷着。

当然，即使秦羽菲再怎么郁闷，日子还是要过的。她把这种烦恼压在心底，不让它打扰自己的正常生活。每天早晨，她在6点30分起床，梳洗打扮、打扫卫生，7点开始做早餐，7点10分吃早餐，7点半出门上班，在7点45分，准时到达科室，既不是太早，也不是太晚，永远中庸平和。她暗自下定决心，不管怎么样，都要保持这种低调的人生状态，真正把每一天的日子过好。

下午，持续的高温叫人昏昏欲睡，内三科病区很少有人走动。刚上班，秦羽菲正给一位中年病人导尿。这种事情，让一位年轻漂亮的女护士来做，实在难为情，他羞答答地不好好配合，秦羽菲就耐着性子劝导，他才算是勉强同意。在操作的过程中，没有想到，他居然挺立起来。病人羞得满脸通红，秦羽菲也被搞得很难堪，只好转身出了病房。等一会儿再去，倒没有出现其他意外，只是病人怕起疼来，又不好好配合。这时候手机响了，她不方便接，就任它固执地响着。

好容易这项并不难的工作完成了，秦羽菲舒了一口气，拿出手机看，居然是院长高彦华打来的。她顿时有些慌乱，心怦怦地直跳：院长有什么事情呢？没有立即接他的电话，会不会惹他不高兴呢？高彦华可是大恩人呢，要不是他，自己现在还在洪河镇卫生院打杂呢！

秦羽菲急忙走出病房，在楼道僻静处，给高彦华回了个电话。接通的刹那，她就急着解释："高院长，不好意思！我刚刚给一位患者插尿管，没有及时接电话，对不起啊！我真不是有意不接电话的，高院长，您可千万别误会！"

高彦华温和地说："小秦别这么紧张，没有接我的电话不是什么大事情，我也没有怪你的意思。"他学着秦羽菲的腔调，"你可千万别误会啊！我只是自己要输液，刚才向你们护士长打过招呼了，请你来一趟，给我扎一下针！"

秦羽菲赶忙答应："好的，我马上就来，马上就来！"

秦羽菲回到护士站，向黄晶晶说了一声，黄晶晶看也不看她一眼，低着头查看手里的一份病历。在科室这些护士姐妹眼里，40多岁的护士长黄晶晶依然风韵犹存，只是她的脸只要一板起来，就像一页翻过去的历史，显得乏善可陈，这让科室的姐妹们都有些怕她。也许她是为了树立自己的权威，故意这样吧。私下里，姐妹们都把她称作黄（王）熙凤，宛如大观园里的凤姐。

黄晶晶头也不抬说："我知道了，高院长刚才打过电话。高院长对咱们要求是很严格的，新来的护士差不多都会经过他的考核，你来不久，这次应该是要接受他的考核，你可要注意，别弄砸了！"

难得平日严肃刻板的黄晶晶和她说了这么多，秦羽菲明白了，输液也许是真的，但考验才是最终的目的。从住院部大楼下来，一路走一路忐忑不安，高彦华可真是个怪人，会用这样的方式考验下属的能力，她真怕自己有什么失误，通不过考核，说轻一点儿她辜负了院长高彦华的心意，严重一点，只要高彦华当院长，她在市医院就别想有出人头地的一天了。

高彦华没有像往日一样坐在大班台后看文件，而是面前堆着一大堆药，样子看上去真的像是生了病。秦羽菲不觉得对黄晶晶说的话有些怀疑，他不一定就是要考验自己，也许真的只是病得不轻需要输液。她很快就准备好了输液用品，来到高彦华面前。因为知道这也有可能是一场特殊的考试，她一点儿也不敢马虎，先是帮他躺到一个舒适的体位，认真地做好准备，小心地完成了穿刺，又十分利落地整理了用物，随后还关切地询问高彦华的感受。她的周到和细致，就像是在护理一位身患重病的长者。完成这一系列工作，秦羽菲热汗涔涔，心跳也不由得加快了很多。

高彦华闭着眼睛，似乎对她的故作镇静浑然不知，又似乎是在享受这一过程。等她完成了，他微微点头，说："不错，很不错！"

秦羽菲松了口气，知道考验结束了，刚要问他还有没有别的什么事情，还没有开口，高彦华忽然睁开眼睛，直视着她的眼睛，问："你想不想当护士长？"

秦羽菲突然全身僵硬，仿佛被大理段氏"六脉神剑"的无形剑气点中了穴道，好半天说不出话。有一刻，她几乎怀疑自己听错了。这个桥段已经在赵大生那里上演过一次了，而且赵大生不断打来的电话，让这一桥段成了连续剧。就是这件事情，让秦羽菲本来欢天喜地的日子蒙上了阴霾。她没有料想到，相同的情节居然会在不同的地方上演，自己作为女主人公没有变，男主人公却换成了自己尊敬的高院长。

愣了半天，秦羽菲对高彦华的感激不由得消去了一半，心马上就冷了，一副拒人千里之外的口气问："高院长，你说什么？"她特别把院长两个字咬得很重，弦外之音当然是提醒他注意自己的身份。

高彦华似乎没有看到她的变化，依然不动声色地问："我在问你，你想不想当护士长？你没有听见？"

秦羽菲再也忍不住了，冷冷说："高院长，您不觉得这太小儿科了吗！这个方式也太老套了些，您能不能有些创新啊？"

高彦华的表情居然还是没有变，淡淡说："告诉我，你想还是不想？"

高彦华在秦羽菲心中的形象一下子轰然坍塌了，她尖刻地说："好，我告诉你，我不想！等会儿这换药、拔针的活儿，您还是看谁愿意当护士长，就叫谁来干吧！我伺候不起！"她重重地把高彦华办公室的门摔上，大步走了出去。她直气得胸脯上下起伏，还没有到电梯间，强忍的眼泪喷涌而出，暗暗骂：组织的眼睛瞎了吗？有这么多人的医院，居然找不出几个像样的院长，怎么就叫两个披着人皮的狼肆无忌惮地胡作非为呢？

回到护士站，秦羽菲心情郁闷，坐着不说话，好几次呼叫器响了，病人叫换药，她都没反应过来。江小曼问她，她只说有点儿头晕，很不舒服，江小曼就说，你去休息吧，你的班我给你替着。好在护士长黄晶晶不知道去哪里了，要不然秦羽菲不知道该怎么面对她。

下午回到家里，秦羽菲第一次没有赶着去做饭，而是闷闷不乐地躺在床上，呆呆地望着天花板。才到这个医院，就摊上这么两个色狼院长，以后的日子该怎么过？秦羽菲想起来就不寒而栗。

不一会儿，周一斌就回来了。每次周一斌回来一到门口，总会十分夸张地说："老婆，今天做了什么好吃的？"今天他也没有例外，只是在叫了这么一句之后，还加了一句："等会儿我们吃完饭，你可要好好叫我甜蜜一下呢，我有个好消息要告诉你！"嚷了半天，不见秦羽菲的动静，周一斌跑进卧室，看她躺着，就凑过来嬉皮笑脸地说："怎么？我老婆是神仙，知道我有好消息，就早早做好准备上了床等我甜蜜呢！"

看秦羽菲闷闷地不回应，周一斌又问她："怎么啦，宝贝，不舒服吗？"

秦羽菲点点头，说："有点儿头晕！"

周一斌也没有在意，只顾着自己高兴地说："那你躺着，我去做饭！"

秦羽菲坐起来说："还是我们一起做吧！"

周一斌显然真是有什么喜事，秦羽菲低落的情绪也掩盖不了他的喜悦。他兴高采烈地洗着菜，嘴里还哼着歌曲，宣泄着他的快乐。很快，两个人做好了饭。在餐桌前坐下，周一斌打开一瓶红酒，给自己和秦羽菲各倒了一杯，乐滋滋说："我升职了，老婆！还不赶快为我祝贺！"

秦羽菲这才知道，周一斌从办公室副主任提拔成了建设局质监站的站长，虽然是建设局任命的股长级别的干部，可是谁都知道，质监站可是一个肥缺，大小工程的质量监督检查都要从他们手里过，在如今这个社会，那可是实权在握的了不得的职位。

秦羽菲本来想把自己的烦恼告诉周一斌，但是看到他这么兴奋，就很替他高兴，不忍心再说不高兴的事扫了他的兴。吃完饭，周一斌飞快地把碗筷端进厨房去，又飞快地出来把秦羽菲拥住了，痴迷地亲吻着她。秦羽菲本来冰凉僵硬的身子，渐渐温暖柔软起来。

秦羽菲老公周一斌当了"一把手"的新闻，在科室里没有传几天就被江小曼老公晋升的消息代替了。也难怪，江小曼的老公那才叫春风得意，不到三年就当了市政府办公室副主任，最近又由办公室副主任兼任了市政府督查信息科科长，提了正科，前途一片光明，江小曼处处洋溢着一股得意。

对于周一斌当不当官，秦羽菲倒没有什么。不过她明显感觉到，老同学江小曼在她面前的做派，随着老公一步步升迁变得不同起来。的确，人家老公年纪轻轻的就是正科了，并且每天都和市里那些头脑在一起，而周一斌不过才当了个没级没品的质监站长，两人自是不可同日而语，江小曼在自己面前摆出官太太的派头也无可厚非。秦羽菲虽然也想周一斌有出息，但她并不热衷于蝇营狗苟，只要两人日子过得好，其他的都是身外之物。她心里对江小曼不屑，但面子上一点儿也不表露出来。

早上上班的时候，江小曼满面春风，显得比往日格外兴奋，趾高气扬地在护士站走出走进地转悠。

有个新来的护士忍不住问："江姐，有什么好事，今天气色这么好？"

显而易见，江小曼就等着这句话，正中下怀的她夸张地伸出右手，在大家面前展示新戴的钻戒："一万多块呢，看看款式怎么样？"

姐妹们好不羡慕："哇，好贵啊！"

护士长黄晶晶平日一副宠辱不惊的样子，现在似乎也有些眼红起来，不无嫉妒地说："你家政府领导打秋风来的吧？"她老公在一家要死不活的企业上班，上有多病的公公婆婆，下有上初中的孩子，日子过得紧巴巴的，这些奢侈品她是买不起的。

江小曼把戴着钻戒的手翻来覆去地转着向姐妹们炫耀，自豪地说："才不是呢！上周他们单位组织干部去香港考察，他特意买给我的！你们都知道，他对我那是很好的！"

黄晶晶说："什么考察？旅游吧！"

姐妹们七嘴八舌地赞叹着江小曼老公对她的疼爱，江小曼更加得意扬扬，直到来了病人，大家才散去。

中午回去，周一斌有事没有回家，秦羽菲冷冷清清地一个人吃了饭，连碗筷都懒得收拾，直接在沙发上躺着睡了。下午她回去不久，周一斌就回来了，躺在沙发上直喊累。他跑了几个在建工程搞质量监督检查，也真够辛苦的。

秦羽菲抱怨："中午也不回来，我一个人，冰锅冷灶的！"

周一斌说："这还不算什么，最近省城有个建筑工程出了腐败问题，全省部署开展全面整治建筑市场，这段时间市里也要安排部署这项工作，到时候，你连见我面的机会也许都很少了！"

秦羽菲就笑他："当你是什么人？国务院总理一样日理万机啊？"

听到"日理万机"四个字，周一斌坏笑着说："说到日理万机，我给你讲个笑话。说是有一位老干部，从小贫穷，不识字，以后凭着一股子犟劲当了官。临终前，组织派人看望，问他有何要求，他说：俺常听广播说领导们每天都日李万姬（理万机）。这领导们都日的李万姬想必美若天仙，俺现在是日不动了，若能看上一眼，死也瞑目了。"

秦羽菲笑得肚子都疼了："没有正经！你们这些臭男人，都是用下半身思考的动物，每句话都离不了脐下三寸处，好像不这样，你们就活不成了！"

周一斌说："当然，好男人就是要一边干事业，一边干这个！"

秦羽菲说："说点正经的，我们科室的江小曼，人家可真雍容华贵呀！老公给买的钻戒价值一万多块钱呢！你什么时候能给我买个一样的就好了！"

周一斌不屑地说："就算她戴了多么奢侈的首饰，也没有我老婆漂亮啊！"

秦羽菲嗔道："贫嘴！"

嘴上虽这么说，秦羽菲内心对周一斌这话倒是非常得意的。的确，江小曼小鼻子小眼睛的，远没有自己漂亮，她那么卖弄，只是为了掩饰她的不如意而已。有传言她老公和某个女下属打得火热，其实她是很空虚的。她这么想着，倒十分同情起江小曼来。她其实也就是给周一斌这么说说而已，并没有真的想要他给自己买，她知道，凭他们的经济实力，还达不到这个消费水平。

然而不久，周一斌却给秦羽菲买回一个钻戒，她开始根本没有在意，觉得大概也值不了几个钱，不过是他弄个赝品来安抚自己而已。可是打开一看，秦羽菲的心怦怦直跳，凭直觉，这只钻戒价格绝对不比江小曼的那只低。开始，她异常惊喜，可转念一想，心里又不踏实起来，她不能不怀疑：周一斌一个小小的股级质监站站长，哪里来的这么多钱？

周一斌察觉到了秦羽菲的疑惑，赶紧问："怎么啦，不喜欢？"

秦羽菲抬起手，在穿窗而入的阳光下，这枚钻戒熠熠生辉，光彩夺目，透射出一种异样的诱惑。她故意做出喜悦的样子说："想哪儿去了，高兴还来不及呢！"

周一斌嘿嘿一笑，说："你们科室里那帮男人婆，搞攀比都上瘾了吧？你说，只要你老公一出马，还有人敢和你比吗？有了这样一只钻戒，不要说在你们科室，就是在你们医院，应该也是你最有面子！"

秦羽菲把双臂搁在周一斌肩上，捧了他的头，亲亲他的脸，说："还是我老公好！"

周一斌踌躇满志地说："你尽管放心戴着，要是有人再超过你，回来说一声，下次我就直接一次性到位，买个十几万二十万元的，看谁还能再比得过你！"

秦羽菲心一沉，又故意做出一副急切的样子问："当真？"

周一斌大手一挥，做伟人豪迈状说："君子一言，驷马难追！我们拉钩上吊，一百年不变！"

秦羽菲这下再装不下去了，盯着周一斌伸过来的手指，半天不说话。听口气，他简直就是腰缠万贯的"土豪"。一个小小的科级都不是的质监站站长，哪来这么多钱？她不由得脊背一阵冰凉。

结婚这么些年了，秦羽菲的一丝一毫变化自然是逃不过周一斌的眼睛。她这么问，他立刻知道了她怎么想。不过周一斌倒没有在意，女人嘛，有哪个不希望男人有本事捞金捞银的？这年头，饿死胆小的撑死胆大的！他笑嘻嘻地说："你忘了我是干什么的？在现在的建筑行业，潜规则你懂不懂？人家送来的，我们不能不要啊！"

秦羽菲板起了脸："可是，这样下去行吗？要是你一直狮子大开口，迟早有一天，我得到监狱去给你送饭！"

周一斌急了，叫起来："呸呸呸！乌鸦嘴！你怎么尽说这些不吉利的话？我给你说，我这只不过是小意思，一点儿汤汤水水而已，人家给头头们送的肥肉那才叫你吃惊呢！"

周一斌如此得意扬扬，秦羽菲心里寒气直冒，冷着脸说："人家是人家，咱们是咱们！我可不是那种庸俗的女人，指望老公去贪污受贿来满足自己的私欲！你这样下去，我该多么担惊受怕？你不想想自己，也该想想我和孩子！你出了事，我和孩子可怎么活呢？"

周一斌赶紧搂着秦羽菲说："好好好，老婆，你放心，我知道该怎么做！我保证：听老婆的话，跟党走！不管人家怎么收，我一个子儿不要！这次这个，可是我的工资加奖金攒起来买的，绝不是揩人家的油！你放心大胆地戴着去显摆吧！"

周一斌再三发誓保证，秦羽菲才勉强接受了这枚钻戒。不过，她到底心里不踏实，又好好给周一斌上了一堂思想政治课。

按照往常，这一晚周一斌会很卖力地和秦羽菲"甜蜜"的，然而周一斌居然不行，随后也不搂着她说些情意绵绵的体己话，调头独自呼呼大睡了，把秦羽菲扔在一边。这样的情形已经不是第一次出现了，好几次周一斌总是把秦羽菲撩拨热了再当头一瓢冷水。按说以周一斌的年龄，正是不容易吃饱的时候，而现在却有气无力、没精打采的。有一次，秦羽菲刚暗示他偷工减料，他马上说这段时间一直跑工地，太累了。秦羽菲想想也是，心里就释然了。

第三章 Chapter 3

中学时代，秦羽菲热爱文学，曾经像所有这个年龄阶段的人一样，梦想有一天成为作家。课余她曾经写过很多风花雪月的诗歌和散文，还曾经写过几篇小说，教语文的瘦老师还曾经夸奖她有才气。这个梦想随着日益繁忙的学习和父母让她学医的强烈要求而渐行渐远。但是，尽管如此，和人体器官的零零碎碎打交道这么多年，心底的诗情画意在她的生活中却从来不曾稍减。即使她所在的这个城市，工作和生活的节奏都不算慢，她都尽量做到脚步从容，以便体会至今藏在心底的那份由文字带来的久远的温情。

晚上，秦羽菲和新来的护士周小慧值夜班。周小慧的父亲是市医院副院长，管着职称、资金等一大摊子事情，算得上位高权重，只要他在医院里走过，到处都有谄媚的目光围着他转。不过周小慧却没有一点儿仗着父亲权势的意思，相反十分乖巧，加上她是天生的美人坯子，浑身洋溢的那种青春活力，让她成为一个很招人喜欢的姑娘。和这样的人搭班，秦羽菲感到很轻松愉快。时间晚了，病区的病人都休息了，也没有危重病人，看起来，今晚可以上个安稳班了，秦羽菲暗自庆幸。有时候倒霉的话，半夜来几个急诊，整个晚上就跟打仗似的。

夜深了，秦羽菲来到护休室，准备加件衣服。护休室被姐妹们称为"闺房"，到处投射出特有的温馨，她心头不觉涌上李之仪《鹊桥仙》的句子："风清月莹，天然标韵，自是闺房之秀。"她暗笑自己，真的像书呆子一般。

这时候有人敲门。夜深了，是不是有患者求助？职业本能让她迅速打开门。看着眼前的人，她不觉大吃一惊：居然是副院长赵大生。赵大生的眼睛看起来贼亮贼亮的，充满了惯有的霸气和骄横，秦羽菲一眼就看出他对自己那种难以掩饰的欲望，不觉心咚咚直跳，赵大生这么晚了来这里，只怕不是什么好事吧？她转身要走，赵大生却笑嘻嘻一把把门关上了，说："小秦，我们好好谈谈！"

秦羽菲转过身子，给了他一个侧背，说："我一个小小的护士，和您副院长有什么好谈的？有什么事情，您和我们科室主任、护士长说吧！我还要给病人换药，请别挡我的路！"

赵大生说："怎么会没有什么好谈的呢？咱们医院的护士，好多人想和我谈谈工作，我还不愿意哩！今晚正好有空，我来问问，上次我给你说的事，你可到现在还没有回答呢！”

秦羽菲冷冷地说："我们没有什么好谈的！我早就给你说过了，那个护士长我不想当！"

赵大生涎着脸说："我就不信你不想当护士长！人往高处走，水往低处流，像你这么漂亮能干的人，绝不应该一辈子屈居人下。这是一个好机会，院里最近要选拔一批护士长，只要你愿意，好好和我配合的话，马上就可以当上！"

秦羽菲仍旧冷冷地说："对不起，我没有那个兴趣！你不是说有很多人想当吗，谁爱当就当！"她也一语双关地说，"我是绝不会干那个的，你不要再说了！"

赵大生一步步靠近秦羽菲，鼻子里喷出的热气都撞到秦羽菲脸上了，说："当然，护士长只是个台阶，以后只要你表现好，就会当总护士长、护理部主任，甚至像我一样当副院长，前途会一片光明！你可要把握好这个机会啊！"

秦羽菲往后退了一步，厌恶地说："别说了，你看错了，我不是那样的人！"

赵大生依然在循循善诱："俗话说，机不可失时不再来。人生的机会只在一念间，你要记住啊！"说着话他一把就将秦羽菲的肩头搂住，把她往自己怀里拉，嘴已经凑了过来。

赵大生分明是撕开伪装，直接要用强。秦羽菲气愤至极，猛然抬手，狠狠地打了赵大生一巴掌，"啪"的一声，清脆响亮。赵大生根本没有料到秦羽菲会如此刚烈，捂着脸不相信地望着她。响亮的掌声把秦羽菲自己也吓了一跳，看着赵大生逐渐狰狞起来的脸色，她心怦怦地直跳，拉开门落荒而逃。

夜班也不上了，秦羽菲干脆一咬牙，三两下换掉工作服，顾不上给周小慧打一声招呼，就匆匆忙忙、跌跌撞撞回了家。夜色漆黑，风吹树叶唰唰作响，街上行人基本绝迹，她一心只想赶紧回家，一路小跑，连恐惧都忘记了。

一进门，秦羽菲就靠在防盗门上大口大口地喘气，泪水哗哗直流，心几乎从嗓子眼里跳出来。这太屈辱了，赵大生这个人面兽心的家伙，把自己当成什么人了？她真希望周一斌出现在眼前抱着她，安慰她。然而家里冷冷清清的，周一斌根本不在家。这一刻，她甚至产生了被周一斌抛弃的感觉。不知这样哭了多长时间，秦羽菲才扑倒在沙发上，一动也不想动，任凭泪水哗哗地流着。

想给周一斌打电话，可是又不知道怎么说。周一斌是个小心眼的人，闹不好还会怀疑自己在外面怎么样呢，秦羽菲内心痛苦而矛盾。一直觉得调到市医院是一件天上掉馅饼的好事，哪知道非但不是好事，简直就是飞来横祸。以后的日子长着呢，如何面对赵大生？不，如何面对赵大生和高彦华这两人呢？高彦华还人模狗样的，大概不至于用强，而这赵大生简直就是一头十足的色狼，居然敢跑到科室纠缠她，真是色胆包天啊。想到这些，她简直不寒而栗，差不多要绝望了。

秦羽菲太想要周一斌安慰自己了，抓起手机颤抖着拨了他的电话。振铃的时候，她瞅了一眼屏幕，都凌晨两点半了，他不回家还在外面干吗呢？手机响了一会儿，周一斌没有接，自动挂断了。她就像疯了一般，又拨，好不容易周一斌终于接了电话，声音低沉，耳语般地说："在单位开会！"

秦羽菲听得电话四周静极了，没有一丝响动，根本就不像在会场。她大声质问："你骗我！"

周一斌声音稍稍抬高了一点："怎么骗你呢？真在开会！王局长也在，你要不要跟她说话？"

秦羽菲一时语塞，迟疑时，周一斌又耳语般说了一声："挂了！"她抢着"喂喂"了两声，那头却再没有声息，手机已经断线了。她怔怔地望着手机，不相信似的。本想给周一斌哭诉自己的遭遇，寻求他的安慰，然而这又是多么奢侈的事情。周一斌，你这该死的家伙！把这么漂亮的媳妇扔在家里不管，你真放心啊。她心里暗暗骂着，气得在地上团团乱转。虽心有不甘，却不知道如何是好。

秦羽菲一扬手，把手机扔在一边，倒在沙发上，一动不动，泪水又开始哗哗地流了。没想到，手机倒响了。秦羽菲有点不相信自己的耳朵，周一斌还会良心发现吗？她旋即否定了这个想法，他才不会呢，在他眼里工作比老婆重要。她心灰意懒，甚至产生了懒得接这个电话的念头。

"明月几时有，把酒问青天，不知天上宫阙今夕是何年……"秦羽菲最崇拜苏东坡，铃声也选的他的词。王菲不依不饶，固执地把这首《水调歌头》唱得荡气回肠，好像秦羽菲不接，她就会永远唱下去一样。秦羽菲长叹一口气，只好接了电话。没想到电话竟然是周一斌的顶头上司、市建设局局长王曼丽打来的："喂，是菲儿妹妹吗？"王曼丽亲切的声音绵长而又空远，就像从遥远天国里传来的上帝的福音。

秦羽菲委屈不打一处来，鼻子一酸，顷刻间哭得稀里哗啦。

王曼丽说："菲儿妹妹，对不起啊！这么晚了，本该让周一斌陪你才对！可是最近实在太忙，这不，我们到现在还在开会！"她玩笑说，"你家周一斌最近一直跟着我跑，你是不是不放心了？"

王曼丽是市里非常著名的人物，长得艳如桃花，对下属又格外苛刻，被人称为"蛇蝎美人"。算起来，秦羽菲和王曼丽是很熟悉的。第一次见到王曼丽，是在周一斌的双人宿舍里。那天中午，秦羽菲到市里出差，顺便去看周一斌。正是午饭时候，同宿舍的人出去吃饭了，周一斌独自等她。一见她就急切地关上门，一把拥入怀里上下其手、狂吻乱摸起来。秦羽菲心怦怦直跳，躲躲闪闪担心他的室友突然回来。这时候门果然响了，两人仓皇分开，进来的却不是他的室友，而是王曼丽。王曼丽那时是周一斌的现管——建设局办公室主任。秦羽菲很不好意思，周一斌却没事似的拉着她到王曼丽面前，嬉皮笑脸地做介绍。王曼丽笑呵呵地拉着秦羽菲的手，左看右看，不住地说真漂亮！你小子好有福气！尽管秦羽菲巴望她赶紧走，王曼丽却大大方方落了座，和他们闲扯了很多，大约半个小时过去了，她才走。秦羽菲很奇怪王主任居然午饭时候会来男下属的宿舍，周一斌说：这个女人是工作狂，一定是又来安排我们加班，看见你在就没好意思说！后来王主任职务升得很快，到秦羽菲和周一斌结婚的时候，她早已是副局长，还做了他们的证婚人。不久秦羽菲又见过她一次，她已经去掉了那个讨厌的"副"字，当了市建设局局长，升迁之快，是全市公认的第一个。

在这个被人欺辱的午夜，心里的委屈压得秦羽菲喘不过气。不过，她毕竟也是个"公家人"，知道什么是识大体、顾大局。王曼丽、周一斌他们在开会，工作当然是很重要的，说到底自己也没有多大的事儿。这么一想，她深深叹了一口气，强笑道："没事，我没事！怎么会不放心呢？跟领导在一起，还会有什么问题呢？不好意思，王局长，打搅你们开会了！"

王曼丽追问："真的没事？我们会议大概就到明天早晨了，他今晚回不去了！你就照顾好自己吧！"

秦羽菲连连点头，似乎电话那头的王曼丽可以看见："我真的没事，你们继续开会吧！"

王曼丽说："放心吧，不会有人把他拐走的。你是他的主人，我只是暂时借用一下，你别多心了！等这段时间忙完了，我立刻完璧归赵，毫发无损地把他给你送回来！"

秦羽菲不好意思地笑了笑，挂了电话。

有了王曼丽这个电话，纵然就是有再大的委屈，秦羽菲也不能再说什么了。她想既然老公在工作，自己就应该支持，不要因为这些摆不上台面的事情影响了他，她不是一直盼着周一斌能够有出息吗？

秦羽菲又一个人呆呆地坐着流泪，不知道为什么，她的心里始终怪怪的，一种强烈的失落感笼罩着她，这种感觉绝不仅仅是因为受了赵大生的侮辱，更多的还有对周一斌半夜还在忙碌的一种猜疑。想着周一斌越来越没有时间搭理她，而高彦华和赵大生又有着如此丑恶的嘴脸，生活怎么会乱成这样呢？就这样睁着眼睛胡思乱想，后来困极了才睡着。

天亮的时候，秦羽菲觉得，周一斌今晚不在家，未尝不是一件好事，要不然，依着他的性格，非找赵大生拼命不可，反正也没有什么大不了的事情，以后注意防范赵大生的魔爪就行了，他不敢过于明目张胆的。可是如果周一斌知道，一定会弄出什么事情来，那样也是不好的。她懒懒地躺着，不想上班，就给黄晶晶打电话，推说身体不舒服需要请假。不知道黄晶晶是不是知道了这件事，她一说请假，她就淡淡地答应着："行，没问题！你身体不好，那就多多休息！早点儿来上班！"

过了一天，秦羽菲硬着头皮去上班的时候，科室里却很平静，似乎什么风声也没有传出去，秦羽菲放心了，她本来还担心不知道该怎么应付别人异样的目光呢。

果然就像周一斌说的，全市建筑市场专项整治工作开始以后，他就明显地忙起来了。往常中午秦羽菲下班回来做好饭了，他也就回来了，现在他却中午不但不能回来，下午不回家的次数也越来越多了。每次回来做饭以前，秦羽菲都要打电话问他回不回来，他说回来吃呢，可是等到秦羽菲把饭做好，周一斌又打来电话说不回来了，把秦羽菲弄得好生失落，只好满怀幽怨独自一人吃饭。下午回来，中午剩下的饭菜往往就够她吃了，而周一斌照例是不回家吃饭的，只在很晚的时候回来上床倒头就睡。

秦羽菲突然觉得生活好生没有滋味，"忽见陌头杨柳色，悔教夫婿觅封侯。"当初周一斌当办公室副主任的时候，她曾经十分渴望他有出息，现在他有了点儿出息，她却反而有些失落了。过日子，其实就是过女人，她知道这句话的内涵。为了家，她什么都可以舍弃。可是，现在呢？有谁在乎她的一腔情愫呢？这满怀的幽怨还不能对周一斌说，说多了，他会说她无理取闹，他其实也是为了这个家，他无辜着呢。没有办法，随他去吧。

下午快下班时，秦羽菲和江小曼在护士站说闲话。今天科室里真是热闹，来了好几个危重病人，个个忙得像陀螺，这会儿才得了一点儿空。秦羽菲的手机在响，拿起来看，是周一斌的电话："下班我不回去吃饭了！你自己怎么吃？要不然去妈妈那里混一顿算了！"周一斌这段时间一直在跑工地，搞建设项目质检，的确也够忙的。秦羽菲长叹一声，心想，和中午一样，晚饭又是冰锅冷灶了。

江小曼开玩笑说："怎么一副怨妇的神情？是不是受冷落了？你可得注意啊，现在的建筑行业里，花花事件多的是，别让你家周一斌被包工头拉下水，人家在外面灯红酒绿、暗度陈仓，你却在家里孤灯清影、独守空房啊！"

秦羽菲强笑："你别替我担心，还是想想你自己吧，你家政府领导，多的是人投怀送抱呢！"这话一说完，秦羽菲就后悔了，江小曼对这话敏感着呢，赶忙补上一句："说实在的，我太羡慕你了，老公不但人有出息，又对你这么体贴！小曼，你的命可真好！"

大约江小曼对有关老公的传闻没有耳闻，也或者是故作不知，秦羽菲说完这话，她立刻做出一副幸福状，说："是哦，我老公，那可对我真是体贴有加的！"

秦羽菲心里想："怕是'体贴有假'吧？"她暗骂自己，今天怎么会这么刻薄？也许，是自己真的被周一斌给冷落了吧？

晚饭吃得冷冷清清，江小曼的话一直在耳边回绕，加上赵大生的又一个催促她回答愿不愿意当护士长的电话，让秦羽菲的心里幽怨而又悲愤。赵大生阴魂不散，对上次她打了他耳光的事情似乎根本就不在意，又借安排工作的机会，两次叫她到自己办公室，有一次几乎就把她搂在怀里了，她挣脱跑出来，气得直哭，发誓以后再也不上赵大生的当，说什么也不会和他单独相处了。

吃完了，碗筷都不想收拾，她直接就进到书房来。

秦羽菲学的虽然是医学，但骨子里却是十足的古典才子情怀。上高中的时候，她本想学文科，唐诗宋词和西方文学早已吸引住了她。在她的书柜里，到处都是古代文学和西方世界名著。但是，家在农村的父母却一心想让她学医，孝顺乖巧的她遵从父母之命学了理科。虽然学的是枯燥无味的医学，但是她对读书的兴趣从来不曾稍减，只要一有时间，就泡在图书馆里，如饥似渴地阅读那些让她热血沸腾的经典名著。这个习惯一直保留到现在，所以结婚后她专门布置了一间书房，里面的藏书和氛围，实在可圈可点。不值夜班的时候，她总会像过去一样，把空闲时间交给了阅读。今晚，周一斌不在家，秦羽菲不想出去闲逛，也不想玩手机，只想用读书来打发这无聊的时光。

书房中间是一张大小适中的书桌，放着一台联想电脑，案头还摆放着一个蓝花宋瓷的瓷瓶，是一个包工头送给周一斌的。斜对面是四只古铜色的书橱，把东面这面墙壁全部占满，透过明亮的玻璃，可以看到书橱里既有《西方哲学原著选》《宗白华美学》等这些哲学美学著作，也有《二十五史》《明朝那些事儿》《万历十五年》等历史书籍。另外还有一层摆放着雨果《悲惨世界》、村上春树《挪威的森林》、杜拉斯《情人》等外国文学名著，最多的还是当代文学《尘埃落定》《池莉文集》《方方文集》等作品。而在南面墙上，挂了装裱考究的一幅书法，上书"华灯一城梦，明月百年心"10个飘逸娟秀的大字，这是秦羽菲迷上书法之后，仿照启功体自己写的，传达出了女主人优雅的性格。在洪河镇卫生院的时候，晚上没有事情秦羽菲也写文章，在《当代护士》《护士文苑》等好几家杂志报纸发表过小说和散文，在市里小有名气，市文联主席还曾经引荐她加入了市作家协会。

秦羽菲站在书柜前浏览了好一会儿，拿不定主意读谁的书。犹疑好久，还是抽出了那本最喜欢的村上春树的《挪威的森林》。这本被称为百分百恋爱的小说，展现的是一群年轻人在残酷的现实社会面前的困惑与苦恼，他们孤独、寂寞，却无法排遣，于是开始把玩孤独，把玩寂寞，把玩无奈，展示出来的人生的苦闷、无奈、恐惧、好奇，令人感动共鸣。翻开来，读上几页，就会有许许多多似曾相识的片段从她的眼前缓缓掠过，似乎昔日时光重新又来过一次。秦羽菲的青春时代云淡风轻，悠游自在，不曾有过这样的迷惘和苦闷，她却喜欢这本讲述孤独和无奈的小说。有次在市图书馆举办的阅读会上，她向大家分享了读这本书的心得，有个书友后来还曾经玩笑说，村上的书有一种魔力，会让你的生活陷入他描写的境遇。

翻了一会儿，却一直静不下心，秦羽菲一时觉得兴味索然，推开书，走到窗前，遥望外面万家灯火，沉沉的心中不知为什么忽然一阵酸涩。难道说那位书友的话一语成谶，她的生活真地陷入了村上描写的那种苦闷了吗？这样想着，没有了阅读的兴趣，郁郁寡欢地出了书房，随手打开电视，一头倒在沙发上。

守着电视乱按遥控，秦羽菲不知看什么好，最后干脆狠狠地把遥控器一丢，又回到书房，打开了电脑。先打开"酷我音乐"，放了一首《老地方的雨》，在雷婷如泣如诉的歌声里，打开QQ。她平时不太上QQ，觉得和一帮从未谋面的人废话太无聊，今晚却很想有个人聊聊。好友列表里倒是有几个人的头像亮着，却都是离开或者忙碌，没有人搭理她。又一把关了电脑躺到床上，昏昏沉沉却难以入眠。好一会儿，不觉困意袭来，却又被噩梦惊醒。她觉得此刻的自己，与一只困兽没什么两样，恨恨地想，看来这以后独守空房、孤枕难眠的日子要成为家常便饭了，长此以往，恐怕要憋出什么毛病来。看看手机，马上零点了，而周一斌到这时候了居然还没有回来。

不知道半夜什么时候，秦羽菲迷迷糊糊的，感觉有人进来，但她却困得睁不开眼睛，翻了个身又沉沉睡去。上班闹铃响了，她爬起来伸着懒腰、打着哈欠走出卧室，一眼看到餐桌上摆着做好的早餐，她恍然想起半夜里的事情，知道是周一斌回来了。她忽然很感动，昨晚的怨气烟消云散，喊了一声："周一斌！"半晌没有人回应。她狐疑起来，他难道已经走了？最近这段时间，要么秦羽菲上夜班，要么周一斌晚上回来得迟，夫妻二人几乎很难谋面了。

周一斌突然叫了一声"老婆"，神兵天降般出现在秦羽菲身后，一把把她拥在怀里。

秦羽菲心里甜蜜，却故意捂着胸口，打着他的手，嗔怪地说："你要吓死我啊？"看他马上要出门的样子，拿起手机看看说，"就要走呀？才7点多一点呢！"

周一斌自嘲说："你不知道，世界上起得最早的，除了公鸡，就是我们建筑工人；睡得最晚的，除了小姐，就是我们建筑工人！建筑工人的命，苦着呢！"

秦羽菲埋怨说："再这么下去，我们都成了牛郎织女了，一年只怕才能见上一回面！"

周一斌搂住她，亲着她的脸，嘻嘻坏笑说："是不是想啦？行啦，今晚一定早早回来！"

秦羽菲"呸"了一声："永远别回来了！谁稀罕！"

昨晚没有休息好，吃完早餐，秦羽菲又上床睡了个"回笼觉"。没有想到上班了，反而觉得很不舒服，也许是睡得时间太长了吧。好在今天是中午班，又是和周小慧搭班。接班以后，没有多少具体工作要做，秦羽菲就独自坐在角落里打盹儿。不知道是周小慧嘴巴紧，还是她没有发现上次赵大生企图非礼秦羽菲，总之后来倒是没有什么风言风语，秦羽菲就很感激周小慧。

这时候，一个20多岁的帅气小伙子，陪着一位40多岁的器宇轩昂的中年人走了过来，有周小慧招呼，秦羽菲也没有在意，依然在呆呆地想心事。那个小伙子对这中年人特别恭敬，一过来就冲周小慧吆喝："你们护士长哪儿去了，我们要输液！赶紧去办，还愣着干什么？"

周小慧客气地说："你们是门诊病人吧？对不起，我们这儿是住院部，如果……"

中年人按着腹部沉着脸不说话，还没等周小慧说完，小伙子说："你怎么这么啰唆？还不赶紧去铺床，在这里磨蹭什么？"按照规定，在住院部做治疗的病人，必须先办理住院手续，然后由医生诊查后根据病情开出医嘱，护士凭医嘱去药房领药，然后才可以用药。可是这个年轻人居然一点儿也不按程序办事，只是大声嚷着，催促赶紧铺床取药。

中年人依然沉着脸，显得颇不耐烦。周小慧忙着解释，小伙子却丝毫不听，在护士站猛拍桌子，骂骂咧咧："这么大的医院，医务人员工作效率怎么这么低？"

现场的气氛变得紧张起来，秦羽菲从自己的心事里回过神，站起来，对年轻人说："对不起，您别着急，我们马上处理！"她吩咐周小慧先拿一套床上用品去铺床，自己则扶中年人去病房。

小伙子说："你要往哪里扶？还不赶紧去老干部病房准备！"

小伙子还在大喊大叫，中年人对他挥了挥手，说："好了，慢慢来吧，这个护士应该能处理好的！"他望着秦羽菲，久久不移目光，似乎对这个年轻漂亮的护士十分有好感。年轻人还要说什么，被中年人这一拦，就立刻闭了嘴。

就在秦羽菲扶中年人去老干部病房的时候，院长高彦华匆匆来了，看到中年人老远就热情地叫："戴书记，您来也不提前说一声！这让我可是太被动了！对不起，对不起了！"

被称为戴书记的人阴郁地说："我叫小王给你们办公室打过电话了！"

秦羽菲这才想起来，这个被高彦华叫作戴书记的人原来是市委分管干部工作的副书记戴志国。本来，秦羽菲的生活圈子是十分狭小的，对于戴志国这样的官场人物是不认识的，但是周一斌对这些人特别熟悉，几乎每天都会念念叨叨，羡慕谁搭帮了戴志国的关系，当了某某局长、副局长，要是他有这层关系，能沾戴志国的光，他也许早都从股级干部提拔为科级领导了。戴志国这个名字在她耳边萦绕得久了，她也就记住了，而且在市电视台的节目中也看见过他。只是，今天秦羽菲根本没有把眼前这个中年人和大名鼎鼎的戴书记对上号。

高彦华赔着笑脸："实在对不起，戴书记，刚才我们正在调解一起医疗纠纷，王秘书打电话的时候，我实在脱不开身，还请戴书记海涵！"

高彦华赔着小心，带着秦羽菲把戴志国领到一处单间病房，吩咐秦羽菲她们赶紧铺好床铺，马上给戴书记输液。秦羽菲本来对高彦华怀着万分感激，现在却对他颇为不齿，一直不正眼看他。他此刻在戴志国面前不惜巴结讨好，甚至摇尾乞怜，而面对她们这些护士时又会颐指气使，她不觉更加鄙夷。铺好床铺之后，把一应用品放好，秦羽菲走出去装着给戴志国配药，以免看到高彦华这副小人嘴脸。

周小慧拿着治疗盘过来要给戴志国输液，戴志国忽然声色俱厉地说："你去，换刚才铺床的那个来！"

周小慧满脸通红，委屈地跑出去喊秦羽菲。秦羽菲不想看戴志国的飞扬跋扈，也不想看高彦华的低声下气，但是纵然她十万分的不情愿，也没有办法不去。

戴志国一眼不眨盯着秦羽菲，看着她娴熟利落地完成这一系列工作，微微一笑，和气地说："嗯，你真不错，人长得漂亮，针也扎得漂亮！很不错！"

高彦华忙着向戴志国介绍："这是今年调到市医院的护士，叫秦羽菲，如果戴书记觉得还可以的话，以后您输液，就由她全权负责，服侍好您一切所需！"

戴志国转头看着他，呵呵大笑："高院长，你可真会说笑话！服侍好我的一切？"

戴志国毫无顾忌地开玩笑，高彦华倒没有什么，秦羽菲早已脸色绯红，十分恼怒，转头瞪了高彦华一眼。高彦华似乎没有看到，依然一本正经地说："当然了，戴书记！给领导服务是我们应尽的责任！"

戴志国斜眼看着他说："一切所需？"

高彦华不动声色说："我所说的您的所需，当然是一切需求了！"

戴志国点着头，说："好好，以后就让小秦负责护理我输液吧！"

秦羽菲特别生气，高彦华真是多此一举，这在有些人看来是求之不得的好事，对她来说却是一种负担。不过她尽管不愿意，却说不出口，只好暗自生着闷气，端着治疗盘出去经过高彦华身边的时候，稍稍慢了一下，狠狠瞟了高彦华一眼，脸色很不好看。

高彦华安排好一切以后，和戴志国打了招呼就退出去了。在楼道里，高彦华一脸严肃地叫秦羽菲："你随我来！"秦羽菲不知道他要说什么，但是院长召唤，只有端着治疗盘乖乖跟在后面。

高彦华带着秦羽菲来到医生办公室，吩咐里面的人全部出去，才正色叮嘱秦羽菲说："小秦，我知道你不情愿，可是这是医院的决定，你务必放下一切工作，全力照顾好戴书记输液！"

秦羽菲冷着脸讽刺地说:"既然院长大人都这么安排了,我还能怎么样呢?只有尽力而为!"

高彦华望着秦羽菲的眼睛,似乎要看穿她的内心,说:"你一定看不惯我对戴志国的态度。可你想过没有,他一个管干部的市委副书记,我为什么不可以主动接近他?"

秦羽菲没有说话,但是对高彦华的话也有些认同。高彦华能从排名最后的副院长当上市医院院长,当然有他过人之处。如今的社会,每个人都有他的生存方式和制胜之道,绝不是高尚或卑劣可以完全概括的。她的脸色稍微好了一些,可是一想到高彦华居然有着和赵大生一样丑陋的嘴脸,不觉心里又冷了。

高彦华说:"还记得我上次问你,是否愿意当护士长吗?你还没有回答我呢!"

秦羽菲只觉得一阵恶心,鄙夷地说:"高院长,我们能不能换个话题?我不是三岁小孩子!"

高彦华说:"你以为是我想让你当护士长吗?我的意思其实是提醒你,不要为了当护士长,把自己做人的底线也突破了,那就得不偿失了!"

秦羽菲蓦然抬头,直视着高彦华,高彦华一脸的真诚。

秦羽菲忽然发现,自己也许是误解了高彦华,他真不是赵大生那样的卑劣无耻之徒。可是,她不明白,既然高彦华知道赵大生这样为非作歹,却为什么一直在隐忍退让?既不去向组织揭发赵大生的所作所为,也不在院务会上拒绝赵大生的提议,天长日久,赵大生当然不会把他放在眼里，只会肆无忌惮变本加厉地做坏事了。她脸色平和了许多，说："您放心，我有自己的原则！"

秦羽菲向外走的时候，高彦华叮嘱说："社会是复杂的，你太单纯，要学会保护自己！不管在什么环境，一定不要让自己吃亏！"

秦羽菲回过头，高彦华正直视着她，满面的严肃。这一刹那，她突然特别感动，似乎有什么在眼里涌出，不由得使劲地点点头，说："我会的，您放心！"

在给戴志国换药和拔针的时候，秦羽菲很快就明白了高彦华要她"保护好自己"的意思。戴志国似乎对她怀着心思，而且赤裸裸地在秘书小王面前也不避讳，秦羽菲简直要崩溃了。这世界到底怎么了？男人就像苍蝇一样，到处在寻找对象宣泄情欲，副院长赵大生是这样，身为市委副书记的戴志国也是这样。

液体输完拔针的时候，戴志国自己不压着手背上的棉球，却笑嘻嘻地看着秦羽菲，她只好自己伸手替他压着。尽管心里很不情愿，她也没有办法。秘书小王装着有事，躲了出去。

戴志国说："小秦，服侍我输液，是不是很委屈啊，怎么老是板着脸？"

秦羽菲只好说："没有啊！能为领导服务，一般人可是求之不得呢！"

戴志国哈哈大笑："对，你说得对！一般人的确求之不得！不过，我看你可不是一般人，而是'二般人'哪！"

秦羽菲脸红了，立刻抽回手，戴志国却依旧笑嘻嘻的。

这时候，外面走进一个人来，不重不轻地咳嗽了一下，对秦羽菲说："秦护士，20 床换药！"

戴志国冷着脸放开手，慢腾腾地走出去。

进来的人是内三科医生卢伟光，秦羽菲有些尴尬，却又十分感激卢伟光恰在此时给自己解了围，就不好意思地朝他笑笑。卢伟光像没有发生什么似的，也朝她笑笑，转身出去了。她忽然记起来，20 床其实根本没有住着病人！她有些奇怪，原来卢伟光根本不是偶然进来，他分明就是故意进来帮她的。到内三科已经一段时间了，和卢伟光的交往并不多，别人都说他是个怪人，她倒没有觉得他怪，只是知道这个帅气的男医生大概还比自己要大一两岁，却依然单身，医术一流，平日里话不多，一直一本正经的，十分低调。她望着卢伟光的背影，出了几秒钟的神就赶紧收拾下班。

秦羽菲心事重重地回到家，周一斌破天荒地居然早早回来了，而且，饭也做得差不多了。好多日子里，都是自己一个人冷冷清清的，现在他回来了，尽管还在为戴志国的毫不掩饰而生气，她依然有些喜悦。

吃饭的时候，秦羽菲不自觉叹了几下气，细心的周一斌看出了她掩藏着的不高兴，就再三追问："老婆，怎么啦？往日里都埋怨我不回来，今天我回来你反而不高兴？"

秦羽菲说："今天中午，你常说的那个市委副书记戴志国在我们科室输液！"

周一斌张大了嘴巴："真的？"

秦羽菲说："这又不是什么秘密，能不是真的？还是我给他扎的针！"

周一斌兴奋起来："哎呀，这消息可是太重要了！老婆，马上吃完饭，我们就去看戴书记！"

秦羽菲说："我们和他非亲非故，看他干什么？"

周一斌叫起来："老婆，你傻呀？他是管干部的市委副书记，如果认识了他，对我的前途那可是意义非同小可啊！以前我们没有办法接近他，现在他住在你们科室，又是你给护理的，这简直就是天赐良机啊！我们赶紧去看看他！"

秦羽菲说："可是，他下午输完液就走了，明天会再来的。这会儿去，他人不在医院！"

周一斌着急地说："宝贝，那我们明天早上去，一定要去看看他！搭上这条线，你老公飞黄腾达的日子就不远了！"

周一斌只顾高兴这天上掉下来的难得的机会了，居然忘了问她到底为什么不高兴了，秦羽菲心里直叹气，说："你什么时候变得这么官迷了？"

周一斌说："说什么呢？什么叫'什么时候变得'？我本来就是！事业是男人的全部，当官是好男人的全部！"

晚上上了床，周一斌好生温存，小心翼翼地伺候着秦羽菲，仿佛生怕她明天不带自己去看戴志国。秦羽菲也盼望着老公能够出人头地，夫贵妻荣嘛，可是一想到戴志国的颐指气使和他那个秘书小王的蛮横无理以及院长高彦华的低声下气，就觉得心里在翻涌，如同吃饭拣出苍蝇般恶心。提拔固然是好事，但是如果以侮辱自己的人格尊严为代价，似乎得不偿失了。可是，看到周一斌这么热切，秦羽菲实在不忍心拒绝他。

第二天一上班，秦羽菲还没有换好工作服，周一斌的电话就打过来了："老婆，来了没有？"

秦羽菲装着不懂："谁来了？"

周一斌着急地说："戴书记啊，怎么你忘了吗？"

秦羽菲内心在叹气，看起来貌似老实忠厚的周一斌居然会官迷到如此程度，不知道这是好事，还是坏事？唉，不管好坏，走一步算一步，先帮帮他再说，毕竟这个人是自己在这个世界上最亲近的人了。她淡淡地说："你来吧，他过来了！"

周一斌欣喜若狂："好的，老婆，我马上过来！"

周一斌给戴志国买了许多水果，又特意带了一个信封，里面装有五千元现金。到了医院，周一斌跟在秦羽菲后面，显得兴奋又紧张。秦羽菲看着他抓耳挠腮的样子，心里很不是滋味，为了往上爬，这个男人也不容易啊！想着他在官场"寤寐求之，求之不得，寤寐思服。悠哉悠哉，辗转反侧"的样子，实在值得她同情，本来不太想带他来，现在却只想着怎么好好帮他了。

进了病房，戴志国躺在床上闭目养神，王秘书站起来打招呼："秦姐！"

戴志国听到了，睁开眼睛，一见秦羽菲，顿时笑容可掬："小秦啊，今天可真漂亮！"

秦羽菲心里不情愿，但是为了周一斌，赶忙做出一副笑脸说："您今天气色很不错，照这样子，很快可以不用再来输液了！我给您介绍一下，这是我老公，来看看您！"

周一斌赶紧低头哈腰，显得十分谦恭，脸早已涨得通红："戴书记，我是建设局质监站的小周，周一斌！"

戴志国看也没有看周一斌，只是盯着秦羽菲打着哈哈玩笑道："小秦啊，怎么把老公给领来了？怕我骚扰你，给我示威吗？"

秦羽菲脸色绯红，忙道："戴书记真会开玩笑！我们家周一斌听说您住院，非要我陪他来看看您！"

戴志国这么调笑着，秦羽菲有些不好意思，但依然表现得落落大方，而周一斌就有些奴颜婢膝了，一面连声说："您开玩笑了，您开玩笑了！"一面悄悄把那个信封放到戴志国的手边。

戴志国明明看见了，却什么也不说，只是一个劲儿和秦羽菲调侃。

戴志国表现得很热情，不过细心的秦羽菲发现，只要他看着自己，眼睛就显得神采奕奕，充满莫名的兴奋，而当他偶尔转头看一眼周一斌的时候，就明显地冷淡了，眼里透着说不出的厌烦，周一斌却还在千方百计巴结讨好，她心里就很不好受，真想转身一走了之。可是她不能，既来之则安之，为了周一斌，姑且忍一忍吧。

自从到医院探望过戴志国，周一斌一直很激动。秦羽菲却不像他那么高兴，这不光是因为心疼这次探病周一斌送出去的5000块钱，同时还担心现在的周一斌不但自己有受贿的便利，而且又明目张胆开始行贿，长此以往，会有什么问题吗？特别是一想到周一斌的那副奴才相，秦羽菲就觉得心里十分不舒服，可这话还不敢给周一斌说，他正兴高采烈呢。

周一斌根本没有注意到秦羽菲的不痛快，也完全不理她的担心，只管自己兴奋："终于搭上戴志国这条线了！以后，我就可以正大光明地去找他了！老婆，这可是太感谢你了，我早说过，你就是我的贵人，关键时刻总会帮我的！老婆，我好爱好爱你啊！"一边说着话，一边抱住秦羽菲热烈地亲吻起来。

秦羽菲被他亲着渐渐就脸色绯红喘息越来越紧，周一斌却忽然停下了动作，忧心忡忡地说："我听说，这戴志国很色，老婆你可别把自己给套进去啊！"

秦羽菲十分恼怒，却故意说："那不正是你想要的结果吗？我和他如果那样了，你不就正好可以勒索他，向他要官？"

周一斌斩钉截铁大声叫道："那可不行，那可不行！要是那样，代价也太大了些！"

戴志国在内三科输液5天终于结束了，秦羽菲才算彻底松了一口气。

大概是在两个多月以后，市委研究提拔了一批干部，周一斌也在其中，被任命为副科级的质监站站长了。在公务员序列里，副科级正经是个带了级别的干部。周一斌欣喜若狂，抱着秦羽菲在地上直转圈，说这都是沾了戴志国的光了。那次以后，周一斌又几次找过戴志国，先后给他送了不少的钱。

秦羽菲很淡然，说："别的女人都指望夫贵妻荣，我却只想平平安安、平平淡淡过日子，你只要一直陪在我身边，就够了！"

周一斌一脸感动，说："我知道，我知道！我一定不会辜负你的！"

第四章 **Chapter 4**

人生需要规划，每个阶段能够顺利做好本该完成的事情，就是一种成功，这样的人生当然就是圆满的了。十年前，在省城医学院上学的时候，对于自己的人生，秦羽菲曾经做过一个比较详尽的规划。毕业之后，尽管她第一步被分配到偏僻的洪河镇卫生院，实在是落在她的规划之外，在洪河镇卫生院待的时间又过长，也是她不曾预料的。但是，一步登天来到市医院，又比她的规划早了很多年：她本来预想能在40岁之前进入市医院，从此在做好工作的同时相夫教子，一直平平淡淡到退休，现在30岁刚过就达到这个预期了，这个意外又实在是让她欣喜雀跃的。彼处失去的，恰恰在此处得到补偿，对于她人生的整体规划来说，这几个阶段算得上超

额完成任务。这个华丽的转身，让此时此刻的她对前途充满了希望和憧
憬。

时间过得真快，下了几场雪，院子里一片粉妆玉砌。秦羽菲调到市
医院以后的第一个春节到了，照例，市医院从大年三十这天开始放假。
医院里发了 1000 元过节费，科室里发了 500 元，比起往年在洪河镇卫
生院只发可怜的 200 元，秦羽菲简直觉得自己就是富翁。她暗笑自己，
太容易满足了。周一斌早她三天放了假，带回来的过节费让她吃惊不
已：往年只有建设局机关发的一两千，今年由于他当了质监站站长，送
礼的人多了，居然突破了 6 位数，真是让她欢喜让她忧。

下午，秦羽菲和周一斌回到婆婆家，早早做好了饭，一家人团团圆
圆在一起吃饭。她把周一斌叫到儿子的卧室，提议说："我觉得吧，咱
们应该去给你们王局长拜个年，人家不光对你很照顾，而且很理解我。
那次，你们晚上开会，她还给我打电话解释，弄得我很不好意思！我们
去拜个年，一则感谢王局长对你的关照，二则也免得我以后见到人家尴
尬！"

周一斌跳起来说："你说什么呀？她跟我不过就是工作关系，也没
怎么关照我！拜年就不必了吧？"

秦羽菲十分奇怪周一斌反应得这么强烈，按说以他这么热衷于官
场，给上司拜年那是理所当然的事情，怎么反而不愿意去呢？她再劝，
他却说什么也不肯。

这时候儿子豆豆在外面叫："妈妈，妈妈！来给我点灯笼！"

秦羽菲答应一声，走出去不再理会周一斌。只是她没有注意到，周

一斌在儿子卧室里坐了半天，方才出来，似乎有着很重的心事。

新年一晃而过，这几天天气晴好，花坛里苍翠的冬青显得越发郁郁葱葱，很多树木枝条开始变得柔软起来，早早透出了迷人的黄绿，处处都可以感受到一派春的气息。

有天下午，上班的路上，秦羽菲无意中在院子里碰到了在洪河镇卫生院工作时的同事范丽芳。她穿着一件墨绿色的外套，在早春的阳光里显得十分靓丽。好久不见范丽芳了，意外重逢，秦羽菲特别高兴，拉住她的手，欣喜地问："小范啊，好久没有见面了，今天看到你真高兴！"

范丽芳也特别欢喜，热情地和秦羽菲拥抱了一下，上上下下打量着她，由衷地说："秦姐，好久不见，你是越来越漂亮了！"随后就感叹，"市里到底和乡镇不一样，人可真是要在好的环境里生活啊！"

秦羽菲在范丽芳肩上拍了一下："什么呀，姐是越来越老了！越来越漂亮这个词给你才对！对了，你到市医院来有什么事情？"

范丽芳说："我今后一段时间要在市医院上班。咱们洪河镇卫生院派我来市医院妇产科进修助产士！"

秦羽菲高兴地说："这太好了！这样吧，我马上要上班，没时间聊了。哪天有时间了，我请你到我家里来玩！"

范丽芳拍着手高兴地说："好啊！那就说定了，我一到闲暇时间也没有个地方去，很无聊呢！"

望着范丽芳走远的背影，秦羽菲不觉得叹了口气。她若是知道她是凭什么调进市医院的，一定会嫉妒而悔恨，可是如果她知道了她到市医院以后的遭遇，会不会幸灾乐祸、嘲笑有加呢？

今年似乎触了什么霉头，开年时间不久，秦羽菲所在的内三科就遭遇了一起意外。

　　下午快下班了，送来一名急诊病人，突发心绞痛导致心肌梗死。科主任、护士长一干人等全在，马上组织急救，分管副院长也参加了进来。患者是个40多岁的中年人，因为和老婆吵架，情绪过于激动，导致本来就很严重的心绞痛突发，引起心肌梗死。老婆开始没觉得怎么，甚至觉得他在伪装，还出言讥讽，后来感到不妙，打"120"急救，已经有些迟了。尽管在内三科的抢救工作做得十分及时，可是到底是无力回天，持续抢救半个小时后，病人死亡。秦羽菲也参与了抢救，目睹了整个过程，一切措施都没有纰漏和差错。可是，病人家属却以医院抢救不力为由，纠集了五六十人大闹医院，把负责抢救的科室主任暴打一顿，包括秦羽菲在内的几个护士也不同程度地被打，好在没有什么严重伤情。患方和院方谈判一天也没有谈出结果，今天医院刚上班，这伙人又在内科住院部楼前设下灵堂，打出"杀人偿命，还我亲人"的横幅，要求医院赔偿200万元。

　　医院从院长到医护人员，受到了前所未有的压力。往日里，只要有了空闲，姐妹们都在护士站悄悄说闲话，现在每个人都表情凝重，没有人开口。黄晶晶、江小曼这些资深护士尤其显得心事重重。秦羽菲知道，这些年医患纠纷不断，作为医护人员，每个人都有如履薄冰之感，说不定哪一天就轮到自己头上，轻则像这样挨几下拳脚，重则流血甚至付出生命的代价，国内的伤医杀医事件早已不是个案。

　　秦羽菲在压抑的气氛中挨到下班，从内科住院楼下来，猛然看见设在楼下的灵堂，虽然早有心理准备，她还是心猛地一揪，既为死者伤心，也为医护人员悲哀。心事重重地回到家里，周一斌已经回来了，正在厨房做饭。她把手包扔在茶几上，连鞋子都没有换，就倒在沙发上，什么话也不想说。

周一斌显然已经知道了这个事情，体贴地说："老婆，别往心里去，现在全国都是这样的。不是有人说，对于重大疑难杂症，医护人员只有两种可能：一种是治好，被赞为再生父母；一种就是治不好，被骂为杀人凶手，没有人会关心病情本身。你注意自己安全就行了，其他的事情，有医院、有卫生局，最后不是还有市委市政府嘛！"

秦羽菲懒懒地说："你往日人都不见面，今天怎么就提早回来还做起了饭呢？"

周一斌嘿嘿笑着说："老婆说哪里话，你领导我这么多年了，还不知道吗？你老公啊，是非常讲政治的！知道你们科室出了事，你一定心情不好，所以就推掉一切应酬回来伺候老婆！咱们的宗旨是：天大地大，老婆更大；爹亲娘亲，老婆最亲！"

秦羽菲扑哧一笑，嘴里骂着"贫嘴！"心里却有一丝温暖。这段时间积在她心中的怨气，被他的体贴和关切一扫而空。

在周一斌的开导下，秦羽菲的情绪渐渐好起来，俩人欢欢喜喜吃完了饭，她要去刷洗碗筷，周一斌把她两肩一按，殷勤地说："老婆，你就坐着休息，这点小事，就不劳老婆大人了，老公我很快就搞定！"

秦羽菲心里特别感动，就望着他娇媚地笑。

第二天上班，楼前的灵堂还在，秦羽菲不觉又忧心忡忡起来。黄晶晶说，这起医疗纠纷经过市卫生局、市信访局出面调解，因为家属的无理要求不能得到满足，调解依然无果。秦羽菲心里沉沉的，不知道这事何时才得了结。因为事情出在自己科室，姐妹们个个愁眉苦脸，十分关心事情的进展。楼下这伙人，隔一段时间，就烧一阵火纸，还伴以几人的号啕大哭，来就诊的人都要驻足围观。

市卫生局和市信访局没有办法了，不得不向市委市政府汇报。在市委市政府领导同意后，公安机关出面把带头闹事的几人拘留，灵堂和横幅才被拆掉，闹事人员撤离了医院。在公安机关的协助下，省医疗纠纷调解委员会参与，经过整整一个下午加一个晚上的谈判，最终以"病人是弱势群体和维护社会稳定"为由，赔付了病人家属16万元。

这件事情一时传得沸沸扬扬，医院的所有医护人员几乎都在议论，大家的情绪明显受到打击。人人都觉得，院方没有过错，却要承担赔偿，这是当前社会上一种仇医的病态心理的折射。领导都怕群众闹事，只要天下太平，不影响自己的乌纱帽和晋升，医院赔再多的钱也没有关系。可是，这件事情的负面影响是，以后病人家属只要不满意，就可以群起闹事向医院讹诈一笔钱吗？正所谓大闹大赔，小闹小赔，不闹不赔！

事件平息以后，高彦华主持召开了全院职工大会。主席台上坐着市医院的全体领导班子成员，秦羽菲注意到，高彦华看起来面无表情，一副宠辱不惊的样子，而赵大生居然和旁边的另一名副院长有说有笑，简直有些幸灾乐祸的意思。她听人说过，本来赵大生是排在第一位的副院长，老院长退休以后，他以为接替院长位子的会是自己，却没有想到，排在最末位的副院长高彦华一跃而上当了院长，因而心中不服，对高彦华处处掣肘，盼望他早点下去。这个人真不地道，联想到最近他对自己的所作所为，她心中越发对赵大生鄙夷起来。

高彦华在讲话中，强调一定要吸取教训，提高医疗质量和服务水平。关于医院职工因为政府软弱才让别有用心的医闹有机可乘的议论，高彦华没有多说什么，只是要大家端正心态，在目前这个体制和社会环境下，尽心竭力做好自己的本职工作。秦羽菲听着高彦华的讲话，忽然觉得，要当这个800多人的医院的院长真不容易，毕竟他只是一个小小的医院院长，政府，体制，甚至患者，这些都不是他能掌控的！

在高彦华的引导下，大家的情绪渐渐平静下来。

过了几天，秦羽菲却有一个意外的发现，科室里的姐妹们早已恢复到正常的工作状态，只有周小慧自打医闹那时候起，每天都心不在焉的，似乎有什么心事。照理，医闹留给她的影响应该没有如此大吧？细问，才知道她爱上了同科室的医生卢伟光，可是她落花有意，卢伟光却流水无情，就在医闹发生的前一天，她再次放下自尊向他表白，而他又再次直接拒绝，叫她好不懊恼。

卢伟光上次把秦羽菲从面对戴志国的尴尬中解救出来，她一直对他心存好感，偶尔别人谈起他，她就不动声色地注意听。她已经从人家口中知道，卢伟光来到医院作为岗前培训医生轮转到普外科，第一次上手术时，当时在普外科的周小慧就注意到了他。后来在多次手术中，卢伟光上的是二助，周小慧要么上器械，要么上巡回，总是和卢伟光配合得十分默契。工作状态下的卢伟光很少说话，做事有板有眼，对各位老师敬重有加，很受手术室一帮人的好评。周小慧一改副院长千金惯有的孤傲，主动接近卢伟光，听说卢伟光住在两人一间的医院公寓楼，就请当副院长的父亲给卢伟光换了一个单间。周副院长对这个新来的医生卢伟光也很满意，授意卢伟光的带教老师外科主任做媒，想把宝贝女儿嫁给卢伟光。外科主任欣然应允，哪知卢伟光却断然回绝。周小慧锲而不舍，一心一意追求自己的幸福。没有料想，卢伟光忽然请了一段时间假。周小慧天天盼着卢伟光回来，就是没有他的音信。就在周小慧绝望的时候，卢伟光忽然又回来了，让她激动不已。只是，卢伟光已超假半年多，按照医务人员管理办法，卢伟光应该按自动离职处理。在周小慧的央求下，周副院长再次帮了他，轻描淡写地处罚超假工资1000元，从普外科调到了内三科。周小慧不依不饶，嚷得父亲没有办法，只好出面做工作，让她也跟着调了过来。周小慧和他形影不离，可是卢伟光却丝毫没有接受周小慧的意思。有一次，一个患者情绪激动，声称延误了父亲的病情，掖着一把菜刀来报复内三科主任。恰好卢伟光在旁边，别人都躲得远远的，只有他冲上去阻拦。为了保护主任，他自己被砍了两刀，伤势颇重。周小慧在他治疗期间，照顾了好多天，但是就是依然感动不了他。为此，周小慧伤透了心。别人劝她放弃，她却怎么也放不下他。

秦羽菲对这个情况颇感奇怪，按说卢伟光30岁出头的年龄了，早就应该娶妻生子了，可是他却一直孑然一身，让人十分不解。周小慧是个好姑娘，如此倾心于他，这是天大的好事啊，怎么反而还会推脱呢？

周小慧眼睛红红地说："秦姐，你得帮帮我！"

秦羽菲"扑哧"笑了："放心，姐既然知道了，就一定会帮你！"

找了个机会，秦羽菲很策略地向卢伟光传达了周小慧对他矢志不渝的情感，劝说卢伟光认真考虑一下。卢伟光沉默几天后，终于答应和周小慧相处。周小慧得到讯息后，止不住心花怒放，随即在各种公开场合以卢伟光女朋友的身份自居，很快医院尽人皆知。可是细心的秦羽菲注意到，任凭周小慧怎么努力，卢伟光却总是进入不了状态。她就担忧起来，不知道周小慧的这份情感，到底会不会收获好的结果。

过了没有多久，秦羽菲早上上班后正在护士站帮一位病人查看病历，周小慧哭着来到她面前。她有些意外，赶紧查完病历，把她拉进护休室说："好妹妹，怎么啦？谁欺负你了？"

有秦羽菲这么安慰着，周小慧越发哭得厉害了，扑在她怀里号啕大哭。

秦羽菲抱着她，一边轻轻拍着，一边问："到底怎么了？有什么难题，就说给姐，姐帮你解决！"

周小慧好不容易止住哭声，说："他，卢伟光，他欺负人家！"

其实周小慧不说，秦羽菲也已经猜到她如此伤心肯定是和卢伟光有关，好言安慰她说："好妹妹，你也别太委屈了，不是说，他就是个怪人嘛，别和他怄气了！"

周小慧点点头，抽抽搭搭地诉说了过程。

昨晚，卢伟光值夜班，周小慧买了很多好吃的来陪他。在值班室，她看见闲暇中的卢伟光在笔记本电脑上一遍又一遍地放着林忆莲的成名歌曲《爱上一个不回家的人》，听得简直入了迷，连她进来说话都没有怎么回应，就开玩笑说："你真的 OUT 了，现在的年轻人谁还听早已过时的林忆莲？"不料卢伟光居然霍地站起，脸色铁青，大发雷霆，冲着周小慧好一顿训斥。周小慧没有想到他会发这么大的火儿，愣愣地看了卢伟光几秒钟，就泪流满面地跑回了家。她越想越委屈，整整一夜都没有睡着。

秦羽菲笑道："就这么大的事？你呀，真是！别着急，姐姐给你出气，立刻兴师问罪！"

周小慧不好意思起来："其实也没有多大的事情，也许他心里有什么事情呢！我呀，就是鼻子从来不钻烟！"

秦羽菲笑说："你看你，这么理解他，他还这么对你，真是不知好歹啊！等着，姐姐我会管到底的！"

周小慧脸红了，忸忸怩怩地说："也不急的，秦姐慢慢找机会吧！"

秦羽菲刮了一下她的鼻子，笑说："我会尽快的，要不然呀，咱们的小美女可等不及的！"

正好，这天下午科室里病人少，比平日清静很多。秦羽菲看到卢伟光在医办室写病历，在门口敲敲门，说："卢医生，有件事情想和你说说，你能不能来一下？"

卢伟光从电脑上转过来，看看她，点点头，走了出来。

在楼道的尽头，卢伟光坐在绿色的患者休息椅上，低着头不说话。看着他这副不动声色的样子，内心一阵叹息，像卢伟光这么优秀的年轻医生，应该意气风发才对，为何他却如此消沉？秦羽菲说："你大概知道我为什么事情找你，小慧这么好的姑娘，你还有什么不满意呢？"

卢伟光依旧低着头，平静地说："我真的和周小慧找不到感觉啊！"

秦羽菲说："虽然我到医院工作时间不长，但是我也感觉到你有很深的心事。能不能告诉我，到底为了什么？人生不容易，该把握的要好好把握，不要一味沉迷在虚无缥缈的事情里！"

好久，卢伟光叹息一声，给秦羽菲讲了一个故事。

在省医学院上大学时候，临床医学专业的卢伟光找了个护理系的女朋友陈伊璇。卢伟光和陈伊璇的认识，纯属偶然。大二第二学期，恰逢"5·12"护士节，陈伊璇的护理系组织学生开展护理技术大比武，在全校招募志愿者充当病人。卢伟光看到了这个启事但没当回事，怎么也没有想到的是，护理技能大赛开赛的那天，他会被通知去充当病人。到了地方，才知道是拜室友宁玉春所赐。宁玉春自己去报名，却留了卢伟光的名字、班级和学号，那个需要他配合的女生当然就是陈伊璇。后来有几次，星期天的时候，陈伊璇主动邀请卢伟光外出逛街。卢伟光也邀请陈伊璇逛过几回街，每次她都很高兴地赴约。慢慢地，爱好足球的卢伟光发现只要陈伊璇在场，他会觉得自己浑身充满了力量，在球场上超常发挥，直捣黄龙，即使在战况危急时刻，往往也能峰回路转，扭转乾坤。陈伊璇不在，他便若有所失，也没了挑战的兴致。卢伟光越来越觉得一天不见陈伊璇，心里就会空落落的，他终于发现，自己不可救药地爱上了陈伊璇。

卢伟光说到这里，拍了一下自己的脑袋，说："说起来，这事都是我的错！我想法太多了，没有大胆向她表白！"

卢伟光说，自己爱上陈伊璇，可是却没有勇气表白。她漂亮，家又在市里，追她的人实在太多。在他的眼里，自己所谓的爱情，大约只是对陈伊璇的单相思而已。他不敢想象，如果被陈伊璇拒绝他将情何以堪，如何再次面对她？那时，他们还能像现在这么轻松自然地相处吗？每次他鼓足了勇气要向陈伊璇表白，但真正面对她时却欲言又止。快毕业了，他在巨大的失落中去了一家市级三甲医院实习，陈伊璇则被安排在医学院附近的省人民医院实习。这段时间，他们很少通电话，只是偶尔发个问候的短信，然后好几天就悄无声息。五一来了，差不多快毕业，大家都放松下来，陈伊璇和几个同学结伴去旅游。不料有消息传来说，陈伊璇她们乘坐的旅游车出了事故，去的那几个人全部遇难。听到这个噩耗，卢伟光当时就晕过去了。卢伟光觉得自己应该去看看她的父母，她是家里的独苗，失去女儿的打击会让两个老人多么痛不欲生，他应该去安慰安慰他们。当他辗转打听着来到她家所在的小区，却意外地看见她从小区门口走出来。陈伊璇没有死，卢伟光内心狂喜，刚想开口叫她，这时候后面却又走来一个高大帅气的男孩子，很亲热地叫着陈伊璇的名字，并且牵了她的手。他被当头一棒几乎打翻在地，他想这个人肯定是她的男朋友。他默默地躲在一边看着他们渐渐走远，最终什么也没有说。回到学校，他在陈伊璇面前也不说破，只是独自悲伤着，这种痛苦不亚于当时听到陈伊璇遇难的消息。后来卢伟光才知道，那次她旅游临走前的晚上，家里有事情打电话叫她，她放弃了外出的计划，终于躲过了那一劫。卢伟光把这种难言的酸楚压在心底，把精力和时间都投入到了实习当中。在学校为毕业生组织的告别晚会上，陈伊璇唱了一首缠绵悱恻的老歌《爱上一个不回家的人》，说大学几年，唯一遗憾的是，爱上一个人，却没有主动表白，也没有等到他的表白，她把这首歌的歌词写到给他的留言册上了。陈伊璇的这番话，叫卢伟光追悔莫及，难过不已，他的毕业留言册上，赫然有陈伊璇抄写的《爱上一个不回家的人》。

秦羽菲这才明白，卢伟光何以那么喜欢林忆莲那首《爱上一个不回家的人》，正因为这样，周小慧笑他"OUT"，他才那么生气。她插话说："你刚才说，陈伊璇是家里的独苗，怎么会有哥哥呢？"

沉默半晌，卢伟光才说："我也是这么想的。我后来问她，那个男孩子不是她的男朋友吗？陈伊璇说那是她哥哥。我就更加奇怪了：她明明是家里的独苗啊！陈伊璇说，家里的确只有她一个，当年她父母离婚以后，她被母亲带到了继父的家里，继父为了疼她，以后再也没有生孩子，她继父以前又没有结过婚，家里可不是只有她一个？那次旅游的前夕，家里打电话说她哥哥从东北过来看她和母亲，她就回了家。听她这么说，我这才恍然大悟，哭笑不得！"

秦羽菲"哦"了一声，事情居然如此阴差阳错！

卢伟光接着说，遵从父母的愿望，他毕业后回到了故乡的小城，进了市医院，可是怎么也放不下陈伊璇。毕业后，陈伊璇因父亲托老同学帮忙直接分配到了省人民医院。为了躲避周小慧锲而不舍的追求，终于有一天，他向院长递上一张为期10天的请假条。

秦羽菲说："你到省城去找陈伊璇了？"

卢伟光点点头，说："是，事情原本就是这样的！我没有对别人说，只是怕伤害周小慧！"

陈伊璇毕业不到两年已经破格担任了省人民医院心内科护士长。见面的那天下午，陈伊璇在一个很高档的酒店请卢伟光吃了晚饭，说半年前与一位集团公司老板的公子订了婚，再过几天就要结婚了。这个消息让卢伟光如同坠入冰窖，他终于没有把想和她在一起的话说出口。为了能经常见到陈伊璇，他在省医院不远处的一家私人诊所当起了助理医生，每天远远地看陈伊璇上班下班，偶尔也会找个小小的借口或者假装偶遇和陈伊璇说几句话。那些日子，他仿佛又找到了读书时和陈伊璇在一起的感觉，久违的情愫让他无法自拔，他甚至希望这样的日子就这么一直走下去。终于有一天，他悲哀地目睹了陈伊璇出嫁。她结婚后像变了一个人，即使看见卢伟光也很漠然，甚至视若无睹快步走开。半年过去，卢伟光终于绝望了，心情复杂地回到市医院。本来他旷工那么长时间，院长要报告市卫生局调他到乡镇卫生院，周小慧央求父亲出面，才让他继续留在了市医院。后来的事情，就是秦羽菲看到的这些了。

　　卢伟光终于说完了，长长地出了口气，泪眼婆娑地说："到现在已经三年了，我依然没有走出往事，我是怕自己耽搁了小慧，她是个好姑娘！你，能不能向她解释一下？"

　　秦羽菲怎么也没有想到，卢伟光居然有如此曲折的爱情往事。自卑让他不敢大胆表达，而用情太深又让他优柔寡断，不能决然抛开早已成为镜花水月的过往。她心里酸酸的，想安慰卢伟光，却不知道说什么。她知道，对于他的这种痛苦，一切语言都是苍白的。

　　秦羽菲说："你自己去解释吧！不要嫌我老气横秋，我还是那句话，人生很短暂，该把握好的一定要把握好！有些事情既然过去了，就让它真的过去，别再多想，就算你再怎么留恋，终归是于事无补的！还是好好把握当下，珍惜小慧吧！"

卢伟光望着秦羽菲，长长地叹了口气，说："要是周小慧像你就好了！"

秦羽菲吃惊不小："你什么意思？"

卢伟光说："别误会，我的意思是，虽然我们在一起工作的时间不长，但是你身上有一种气质，让我特别感动，和你这样的人相处，让我时时处处都能感到一种向上向善的精神！说实在的，这种精神现在不多了！"

秦羽菲松了一口气，笑说："看不出来，你还挺会讨好人的！"

卢伟光说："其实，对于我，你不知道的还有很多呢！"

一转眼，时间马上已经5月了。市医院每年都要组织系列活动庆祝"5·12"国际护士节，今年，活动项目尤其多，高彦华的目的是为了消除上次医闹事件留在医护人员心中的阴影，凝聚人心，提升人气。党务办、院务办、工会、妇委会和护理部等职能部门，充分发挥作用，各项活动搞得如火如荼。

在院里组织的护理技能大赛中，秦羽菲代表内三科参加决赛。本来，在科室初赛中，秦羽菲、江小曼并列第一名，江小曼满怀信心要求去参加决赛。不知道黄晶晶为什么却派秦羽菲参加，也许，是她看不惯江小曼那种趾高气扬的嘴脸吧？但黄晶晶是聪明人，心里怎么想一点儿不表露出来，嘴里安抚江小曼："小曼，你就让一让，发扬一下风格吧，你早已是全医院公认的技术过硬的资深护士，得过很多奖励了，不在乎这一次。小秦才来不久，我作为护士长，有义务推出新人！君子成人之美，你就支持一下黄姐的工作吧！"江小曼虽然不太服气，但也没有话说了。秦羽菲当然也想参加这次比赛，看黄晶晶这么向着自己，就很感激她。

国际护士节的前一天，护理技能大赛在医院礼堂举行，从全院各科室选拔出的30名护士参加了比赛。医院护理部主任亲自主持大赛，总护士长担任总裁判长，包括高彦华在内的医院全体领导班子成员、不当班的所有医护人员都在现场观看。这次护理技能大赛，主要有五项：密闭式静脉输液法、卧有病人床更换床单法、单人徒手心肺复苏术、无菌技术、鼻导管给氧。秦羽菲抽到的项目是卧有病人床更换床单法。工作多年，她还是第一次参加这样的大型活动。各科室派出来参赛的选手，都是科室初赛选拔出来的技术过硬的高手，坐在这些选手队伍中，她心怦怦地直跳，一遍一遍默念着"镇定！镇定！"

前面12个选手很快就过去了，果然个个技术精湛，表现不凡，博得一阵阵的掌声。主持人宣布："第13号选手秦羽菲上场，参赛项目卧有病人床更换床单法。"在刚才主持人提示13号选手准备的时候，秦羽菲就已经开始暗暗给自己鼓劲。她一来到场中，立刻成了大家目光聚集的焦点，有人窃窃私语："内三科真是美女如云呀，秦羽菲，名字好听，人更漂亮！"

秦羽菲排除杂念，全神贯注地按照操作规程，先落落大方地做了自我介绍，然后口述评估病人状况，解释该项操作的目的，征得病人同意，接着评估环境，说明病室内无病人治疗或进餐。然后推过治疗车展示用物准备齐全，物品折叠规范、整齐，放置顺序正确，摆放合理美观。再接着是自己修剪指甲、洗手、戴口罩，按照程序有条不紊地一路操作下来。全场静极了，似乎大家都被这娴熟而优雅的动作吸引住了。

秦羽菲一边操作一边偶然一抬头，看到数百双眼睛看着她，忽然就有些慌乱，手一颤，大脑突然一片空白，操作瞬间就停顿下来。慌乱中，她一转身，强迫自己镇定下来。在转头的刹那，无意中看到领导席上高彦华鼓励关切的目光像一缕温暖的春风拂过，不知道为什么心一下子就定下来了。这中间只有几秒钟的时间，秦羽菲想，别人是难以觉察到她的慌乱的。很快，她完美地完成了整个过程，全场掌声雷动。

在下午的颁奖仪式上，秦羽菲的卧有病人床更换床单法得了第一名。在大家的掌声中，秦羽菲激动得满脸涨红，偷眼看看高彦华，他正热烈地鼓着掌，微笑地望着她，她的心不觉怦怦地直跳。在高彦华最后的总结讲话中，充分肯定了几位新调来的护士，对秦羽菲更是大加赞扬。她被表扬得有些不好意思，不知为什么心越发跳得厉害了。

高彦华的讲话真有水平，不用讲稿，随口讲来，旁征博引，鞭辟入里，勉励大家不要因为前次的医闹事件而气馁，而要以这次竞赛为契机，进一步总结经验，把加强医务人员的基本理论、基本技能训练工作作为一项常抓不懈的任务，持之以恒抓深抓好。他要求全院医护人员要在今后的工作中，爱岗敬业，勤奋学习，乐于奉献，大胆创新，不断吸收新知识、新技术，认真对待每个患者，为维护群众的生命健康、为全市医疗事业的发展做出新的更大的贡献。讲完了，全场掌声经久不息，秦羽菲的双手都拍疼了。再看赵大生，板着脸，两手敷衍地晃动着，根本就没有碰到一起，显然他只是虚伪地应付着场面。

护士长黄晶晶早已和科室主任商量好了，今晚除值班的以外，科室其他人员全部到"时光隧道"量贩KTV为秦羽菲庆贺，同时还早早联系邀请了医院全体领导班子成员和护理部主任、总护士长一干人等。也有其他科室举行这样的庆祝活动，邀请高彦华参加，黄晶晶说，不行，得来我们科室，我们小秦可是第一名呢！高彦华笑笑答应了，说一定来参加。秦羽菲对黄晶晶的热情支持十分感动，暗暗庆幸遇到一帮好姐妹。

秦羽菲还没有给周一斌打电话，他的电话已经来了。他下午有应酬，不回来吃饭，晚上可能要回来晚一点！还没有等她说话，周一斌已经挂了电话。本来这段时间，秦羽菲心情不错，加上今天获奖，她更高兴，本想给周一斌报告获得第一名的喜讯，结果周一斌居然连这个机会都不给她。她气得不行，打电话过去声讨，周一斌却不知道在干什么，始终也没有接听。这段时间，他比过去还要忙，中午回来的次数越发少了，她看在他知道在自己有压力的时候关心体贴的分儿上没有怨言，可是今天不同，今天这个奖励对她来说意义特别重大，再怎么说，也是第一次在人才济济的市医院得第一名啊！

既然周一斌不回来，秦羽菲心中不忿也就不回去了，和几个姐妹在一家档次不低的酒店吃了饭。晚上的活动如期进行，大家早早来到"时光隧道"量贩KTV一间大豪华包间里，唱歌的唱歌，跳舞的跳舞，气氛十分热烈。秦羽菲很少来这种地方，她总是放不开，今晚受大家的感染，加上对周一斌的气恼，索性不管不顾，也和大家喝酒、跳舞，笑成一团。虽然这是黄晶晶给她举办的祝贺晚会，但在心有戚戚焉的秦羽菲这里，居然成了一次隐秘的不为人知的小小的放纵。

没过多久，高彦华和其他几个院领导陆续来了，赵大生却始终不见影踪。秦羽菲暗自松了口气，正不知道赵大生来了如何面对呢，这下好了，尴尬可以避免了。黄晶晶主持着活动，话说得十分周到，先是感谢院领导的光临，接着是对秦羽菲表示祝贺，最后祝愿医院明天更美好、大家的人生价值得到更充分体现。

黄晶晶请高彦华讲话。高彦华说："我大会讲，小会讲，这里就不讲了！你们科室的活动，你讲就行了！"黄晶晶又提议高彦华唱歌，高彦华也不推辞，点了一首《北国之春》。这是一首曾经很流行的老歌，虽然对秦羽菲这样的年轻人有些隔膜，但却很适合高彦华这样年纪的人。高彦华简短地对秦羽菲表示了祝贺，时间正好，就开口而唱。

高彦华唱歌的水平确实不错，宛然蒋大为一般的男高音，才一开口，就已是满堂掌声，"亭亭白桦，悠悠碧空，微微南来风，木兰花开山岗上……"在悠扬的歌声中，科室主任彬彬有礼地过来邀请秦羽菲跳舞，秦羽菲爽快地答应了，牵了他的手走入大家中间，和姐妹们一起跳起舞来。

秦羽菲一边跳舞，一边无意中一瞥高彦华，看他唱得十分投入，唱到"虽然我们已内心相爱，至今尚未吐真情"这一句的时候，居然眼睛一直盯着她，她心里没来由地一阵怦怦直跳。

在大家的强烈要求下，秦羽菲也唱了一首张靓颖的《画心》。这是她最喜欢的一首歌曲。她基本没有在这种场合唱过歌，今晚算是初试身手："看不穿，是你失落的魂魄；猜不透，是你瞳孔的颜色……"才开口，就已经博得满堂彩，顿时让她有了自信，接下来唱得更加深情款款："一阵风，一场梦，爱是生命的莫测。你的心，到底被什么蛊惑，你的轮廓在黑夜之中淹没。看桃花，开出怎样的结果；看着你抱着我，目光比月色寂寞。就让你，在别人怀里快乐。爱着你，像心跳难触摸；画着你，画不出你的骨骼。记着你的脸色，是我等你的执着。你是我，一首唱不完的歌。"接下来她还唱了好几首，都赢得了大家由衷的掌声。

高彦华端着一杯酒敬秦羽菲说："小秦真不错啊，护理技术这么娴熟，歌儿也唱得这么好，实在是全能型人才啊！"

秦羽菲绯红了脸，急忙碰了杯，说："院长太过奖了，这都是上不得台面的！"

高彦华把两只酒杯放下，很优雅地伸手："请你跳个舞，能不能赏脸？"

秦羽菲使劲点头："当然可以，当然可以！"

本来秦羽菲不太会跳舞，担心跟不上高彦华的舞步，可是慢慢就发现高彦华舞姿舒缓优雅，带着秦羽菲就像在自由自在地漫步，完全就是为了配合她，秦羽菲心里十分感动，这样有权有位的人，真看不出还如此体贴别人。黄晶晶和江小曼她们也请别的院领导跳舞，气氛十分热烈。最后在大家共同演唱的《难忘今宵》中，结束了欢聚。

回到家里，时间已是午夜两点。不出所料，周一斌果然还没有回来。空荡荡的房子里到处冷冷清清的，巨大的空虚和孤寂把秦羽菲围得透不过气来。她想打电话问问周一斌在哪里，终究还是把手机放回茶几，长长地舒了一口气。她呆呆地站着，觉得六神无主，心烦意乱，不想就这么一个人孤孤单单地睡去。满满地放了一浴缸的热水，把自己浸泡进去，她想就此放松下来，然而心里的失落却更加浓了。短短泡了一会儿，她就穿衣出来。打开电视，第一个频道是韩剧，提不起兴趣，换个频道，依然是韩剧，更让她兴味索然，只好关闭。进了书房，打开电脑，登录QQ，列表里早已没有几个人头像还亮着，她的失落更深了。

秦羽菲不想去那宽大得有些空旷的床上睡觉，只好无助地倒在沙发上，反手一拉，关掉落地灯，黑暗立刻吞没了她。她想就这样一睡解千愁，脑子却乱哄哄的，好久不能入睡。好不容易睡意袭来，蒙蒙眬眬要睡着了，忽然想起高彦华那可以称为含情脉脉的眼睛，不由得睁大了双眼，一时睡意全无。

第五章 Chapter 5

在这个世上，每个人都在来来去去中艰难跋涉，就像岁月点燃的烟火，释放着自己的生命图腾。秦羽菲越来越明白，人生只有承受住多元的历练，才能不断完善。就像上一次医闹，在高彦华的处置下，倒成了一次凝聚人心的绝佳机会。尽管时时有不如意，但她对往后的生活充满了信心。

高彦华的苦心没有白费，"5·12"护士节系列庆祝活动，确实起到了一定的效果。特别是医院斥巨资，大张旗鼓地表彰了一批"医德医风标兵"，在市电视台制作了《天使大爱筑长城——来自市人民医院的报道》专题节目，集中宣传了市医院的各类先进典型，成为职工津津乐道的新话题，再也没有人去议论上次医闹事件了，医闹带来的负面影响也在慢慢消退。秦羽菲感到，高彦华是个有能力、有魄力的好院长，再次从内心对他敬重起来。自此以后，她见到高彦华，就主动问好，而不是像以前那样躲在一边。高彦华也没有因为她态度的转变而有什么暧昧表示，依然彬彬有礼，举止大方得当，更加增添了她对他的好感。

周一斌又是几天没有回家，给秦羽菲发短信说和建设局长王曼丽出差了，大概得三五天。秦羽菲一个人孤孤单单的，好不冷清。为了周一斌没有及时祝贺自己获奖的事情，秦羽菲和他闹了几天别扭，一句话不搭，周一斌自知理亏，给她买了一身高档的真丝睡衣，谦卑地讨好着她。她的心情才好没有多久，周一斌就又故态复萌，几天不着家，对于这个周一斌，她也没有办法了，只好由他去吧。值得欣慰的是，到现在为止，她倒没有发现他在外面有什么不轨的行为。

下午下班前，秦羽菲想到自己又要一个人孤孤单单地回去就直发愁，忽然想起上次碰见范丽芳，曾邀请她来自家坐坐，只是后来一直忙于琐事，没有机会和她聚会，今天有闲暇，何不叫她来坐坐呢？欣然给范丽芳打了电话："小范，下午有空没有？随姐到家里吃顿饭怎么样？"

范丽芳高兴地说："好啊，医院食堂的饭早就吃得我闻着就饱，正想吃家里的饭呢！"

秦羽菲说："那好啊，下班了我在门口等你！"

下了班，两人一起回到秦羽菲家里，范丽芳一进门就艳羡地说："姐，我真羡慕你，有个好老公，调回了城里，又有住房，什么都不缺！不知道我什么时候才能把这些一一置办齐全了？"

范丽芳这么说，秦羽菲心中也有些小小的得意，说实在的，一个女人最重要的事情，自己基本都占全了，尽管周一斌经常不按时回家，但是一个男人也不能总守在家里，应该知足了。但这在别人面前可不能表现出来，就掩饰着内心的喜悦，说："什么呀，这不过才刚刚解决温饱而已，有什么值得羡慕的呢？等再过一两年，你的日子一定会超过我的！"

范丽芳一边在屋子里到处转悠，参观着秦羽菲的房子，一边叹气说："我现在连工作都调不进城里，哪里还敢奢望其他的呢？秦姐，你教教我，你是怎么调进市医院的，也帮帮我啊！"

秦羽菲心想，这可是万万不能告诉你的，要是你知道了，肠子都会悔青的，就敷衍着："我是瞎猫撞着死耗子，哪里有什么高招教你呀！"

两个人说着话，很快做好了饭，坐在沙发上一边吃饭，一边聊天。电视里正演着连续剧《产科男医生》，贾乃亮和李小璐时不时把两人逗得哈哈大笑。吃过饭，范丽芳在秦羽菲收拾厨房之际洗了个澡，两人坐在沙发聊天。范丽芳长发半湿半干软缎子般披在肩上，身体和发间香气氤氲，加上黑色短裙和黑色丝袜，性感逼人。

秦羽菲说："芳妹这么迷人，如果我是男人，一定非你不娶！"

范丽芳娇羞地笑着，更加风情万种："秦姐你取笑我了！"

忽然听到门响，没想到周一斌回来了。周一斌一进门就斜依着门框嚷嚷："累死了，累死了！"看见了范丽芳，眼睛一亮，立刻站直了，说："来了个小美女啊！"

范丽芳赶紧站起来打招呼："秦姐，我该叫姐夫呢，还是该叫大哥？"

秦羽菲在乡镇工作的时候，周一斌没少往洪河镇卫生院跑，和范丽芳都是很熟悉的，秦羽菲还没有开口，周一斌就说："叫姐夫，就叫姐夫！我老婆没有妹妹，我正遗憾自己没有小姨子呢！你这不是天上掉下来的小姨子嘛！"

范丽芳莞尔一笑，说："那就叫姐夫！姐夫可真会说话啊！"

周一斌打开包，取出一条玫瑰金黑陶瓷香奈儿手链，送给范丽芳，说："正好，姐夫这次回来，买了几件礼物，送给你一个，这是姐夫的见面礼！以后啊，咱可就是正经的姐夫小姨子了，姐夫不在家的时候，多来陪陪你姐！啊，当然了，姐夫在家的时候，你也可以来啊！"

范丽芳再三推辞："不行，这可太贵重了，我受不起的！"

周一斌说："值不了几个钱的，都是我买回来哄你姐高兴的！你是我小姨子，受得起！"

秦羽菲说不上周一斌今天为什么这么大方，只想这一定又是哪个包工头给他买的，他乐得慷他人之慨，就劝："小范，那就收下吧，你姐夫也是一片真心！"

范丽芳这才收下了，再三感谢周一斌。

周一斌在外面吃过了饭，说自己累极了，你们说话，就进卧室躺下了。

范丽芳悄悄说："秦姐，姐夫可是越来越帅了！他天天在外面跑，你就不怕被人抢跑了吗？"

秦羽菲掩饰着内心的幸福说："我才懒得管，谁要就拿去吧！"

范丽芳夸张地说:"我给你说,这可不行,你得留意啊!"

秦羽菲说:"你喜欢就拿去吧!"

范丽芳叫起来:"好啊,我要了!这么好的男人呢!"

两人嘻嘻哈哈地笑成一片。

最近这几天,连日的阴雨让秦羽菲感觉病恹恹的,整个人无精打采。内三科病区病人不多,护士站里出现难得的清闲。周小慧闲着没事,就拿手机上网。忽然她惊叫起来:"天哪,怎么会有这样的事情?我们真是太天真了,什么事情都会发生在我们头上!"

秦羽菲斜眼看了她一下,想问她却又忍住,竟然慵懒到不想搭理她。几个姐妹问她,周小慧说了一条新闻:黑龙江省桦南县发生一起诱骗少女奸杀案。谭蓓蓓和其他男人偷情,被丈夫抓了现行,虽然没离婚,但丈夫总拿这件事情说事,谭蓓蓓就跟丈夫说给他找个处女补偿,医院实习护士胡伊萱就这样落入两人的魔爪。

周小慧一说完,大家都哗然了,慵懒的秦羽菲也不知道自己怎么如此冲动,激愤地说:"太叫人发指了,世上居然会有这么无耻的事情!"

黄晶晶和几个姐妹都七嘴八舌地议论起来,不知什么原因,只有江小曼依然默默地低头不说话。

平时一贯喜怒不形于色的黄晶晶,管理内三科宛如王熙凤管理大观园一般沉着稳重,今天也和秦羽菲一样,一点儿也沉不住气,义愤填膺说:"我们这些做护士的,是不是太职业病了,看到有人不舒服就要主动帮助,这两人啊,虽千刀万剐也难抵其罪!"

秦羽菲说:"对他们的罪行怎么判决,我倒觉得还在其次,关键是这件事情对整个社会造成的负面影响、恶劣后果实在太严重了！过去，我们知道做好事会被讹诈，但是现在我们知道，做好事要付出生命的代价，以后谁还敢做好事？这件事情简直就是一个标志性事件，表明着社会道德底线的彻底崩溃！"

周小慧一边翻着手机一边说："可怜了胡伊萱的父母了，只有这么一个孩子！两个老人真够伟大的，说他们不后悔教育女儿做好事，他们还说，毕竟这社会还是好人多，社会需要人们做善事做好事！"

秦羽菲说："这两位老人，是社会的精神支柱！如果没有像这两位老人一样的人们在坚持，这个社会只怕真的早已坍塌崩溃了！"

江小曼抬头看了秦羽菲一眼，说："老同学，你可是越来越深刻了！"

秦羽菲脸一红，说："我只是太感慨了！我都不敢想象，长此以往，这社会可怎么得了？"

虽然是一个新闻事件，但却因为主角是她们的同行，很长时间都压得大家心里沉甸甸的。

转眼到了 8 月中，医院面向社会公开招聘了一批护士。这几年，医疗卫生系统到处都存在人才紧缺的问题，为了缓解人员不足的局面，医院每年都要自主招聘一批不带编的工作人员。在高彦华的安排下，护理部举行传光授帽仪式。其中有一项议程，是表彰医院近年来做出突出贡献的护理工作者，医院分配给内三科受表彰名额一名。上午上班以后，知道这个消息的江小曼十分兴奋，跑到黄晶晶面前争取这个受表彰的机会。

江小曼说："护士长，这次……这次就让我去吧！"

黄晶晶淡淡地说："科里已经研究了，决定受奖励的是秦羽菲！小秦上次在全院护理技能大赛中获得了一等奖，是最佳人选！下次再有什么活动，你代表咱们科室去吧！"

江小曼的脸色阴沉下来，忍不住说："上次我要去，是你不让我去的，我要去了也会得奖的！这次就让我去吧，凭什么好事都让小秦占尽呢！"

黄晶晶不悦地说："这是科室的决定，我也无权擅自改变！"

黄晶晶说的科室的决定，其实也就是她自己的决定，但是一旦扣上科室的大帽子，江小曼的不满就无处申诉了。她满怀怨气地看了黄晶晶好一会儿，才默然离开。

黄晶晶把这个消息告诉秦羽菲的时候，秦羽菲说："护士长，我有句话想说，不知道当讲不当讲？"

黄晶晶看她一眼，面无表情说："你说！"

秦羽菲说："上次您派我代表科室参加比赛，是对我的最好信任，这次再推荐我受表彰奖励，又是对我的极大鼓励，我非常感谢您对我的支持和看重。不过，我个人觉得，这次表彰奖励的人应该轮到小曼了。她的工作成绩十分突出，受表彰奖励当之无愧。当然，她平时是张扬了些，不过，这与工作关系不大，再说，再说……"她连说了两个再说，却没有往下说。

黄晶晶手里把玩着一支体温计，说："继续！"

秦羽菲说："我觉得，这次让她受表彰奖励，有利于科室的团结和您的管理！"

黄晶晶说："她刚才来找我争取这个名额的时候，我已经告诉她，这次受表彰奖励的人是你！"

秦羽菲说："您可以召开全科室护士会议，在会上宣布一下，不要再和她当面直接说就行了！她会懂的！"

黄晶晶若有所思，点了点头。

下午上班了，黄晶晶安排召开全体护士会议。

会上，黄晶晶说："大家大概都已经知道了，新护士授帽仪式上，要表彰医院近年来做出突出贡献的护理工作者，医院分配给我们科室受表彰名额一名。经过慎重的考虑，科室决定……"说到这里，黄晶晶瞥了一眼江小曼，江小曼的脸色显得十分不屑，看到黄晶晶注视自己，就把头偏向一边。

黄晶晶不动声色接着宣布："科室决定，推荐江小曼为受表彰奖励的人选，报院委会审定！"

秦羽菲注意到，江小曼听到这话，身子不由得抖了一下，转头看着黄晶晶，似乎不相信似的。黄晶晶微笑着对她点点头，江小曼忽然脸色潮红，显得十分意外而激动。秦羽菲带头鼓起掌来，江小曼站起身鞠躬致谢，神采飞扬起来。不知为什么，秦羽菲就像完成了一件大事，心中的一块石头总算落地了。

会议完了，江小曼跑到黄晶晶那里，道歉说："对不起啊，护士长，早上我说话不中听，您可千万别往心里去！"

黄晶晶做出真诚的样子说："小曼，你说得对，早上我考虑不周，这次受表彰奖励的确应该是你！希望你不要介意我说过的话，好好工作，以后再有什么机会，科室自然会推荐你的！"

庄严而隆重的新护士传光授帽仪式在三天以后的这个下午举行。大礼堂里，医院全体护理工作者齐集一堂。美丽的燕尾帽，代表着圣洁的天使；燃烧的蜡烛，象征着"燃烧自己，照亮他人"的护理理念。护理部主任主持仪式，30 名新上岗的护士走上主席台，全场庄严而肃穆。秦羽菲感受着这神圣的时刻，心里竟然有一丝淡淡的遗憾。自己当年在洪河镇卫生院参加护理工作，可惜没有人组织过这么庄严的仪式啊！这些新到医院工作的姐妹们，实在是有福了。

院长高彦华亲自为护士们点燃了第一根蜡烛，肃静的主席台上，摇曳的烛光中，伴随着悠扬的乐曲，新上岗的 30 名护士们单膝跪在护理学创始人南丁·格尔像前，高彦华带着医院几位副院长为护士们戴上圣洁的燕尾帽，授给她们蜡烛。烛光照亮了年轻护士们虔诚而庄严的面庞，点燃了心中神圣的使命感和自豪感。在世界护理之母南丁·格尔像前，新护士们庄严宣誓，接过前辈手中的蜡烛，用真心、爱心和责任心对待所护理的每一位病人，把毕生的精力奉献给护理事业！

高彦华院长代表院务会讲话，勉励全院护士要继承和发扬南丁·格尔精神，担负起承载生命、救死扶伤的神圣使命，热爱和献身护理事业。随后，护理部主任宣布了表彰奖励决定，先后表彰了荣获全市优秀护士称号的五名护士，全院优秀护理工作者35名，以及在医院护理岗位上辛勤工作了30余年的12位老护士。江小曼在全院优秀护理工作者之列，受到了表彰奖励。凑巧的是，给她颁奖的正是院长高彦华，这让她更加高兴和激动。秦羽菲也特别为老同学感到喜悦。

授帽仪式的最后一项议程是文艺演出。新参加工作的30名护士们全神贯注，表演了精彩的手语舞蹈《感恩的心》。参加仪式的所有护理工作者全部起立，站在原地参与到舞蹈表演中来，大家庄严肃穆地合唱着："我来自偶然像一颗尘土，有谁看出我的脆弱；我来自何方我情归何处，谁在下一刻呼唤我。天地虽宽这条路却难走，我看遍这人间坎坷辛苦。我还有多少爱，我还有多少泪，要苍天知道我不认输。感恩的心感谢有你伴我一生，让我有勇气做我自己。感恩的心感谢命运，花开花落我一样会珍惜！"在这数百人的合唱中，秦羽菲只唱得浑身热血沸腾，一种庄严而神圣的感觉油然而生，两行热泪禁不住奔涌而出。

这次新护士传光授帽仪式可以说是"5·12"护士节纪念活动的延伸，这段时间，全院护理工作者都沉浸在那种庄严和肃穆的气氛中，工作起来劲头和热情空前高涨。秦羽菲暗暗佩服高彦华，他在严格精细的管理中，尤其突出人文理念，注重医院文化建设，这是一流医院管理者才有的胸襟和气魄！秦羽菲简直对高彦华有些崇拜起来，有时候想到当初在洪河镇卫生院初遇的情节，不由得会心一笑。

昨夜淅淅沥沥地下了一夜雨，早晨空气清新，走在街上，到处一片清新，秦羽菲的心情十分愉快。不知怎么回事，上班时间过去很久了，江小曼却还没有来。护士长黄晶晶脸色铁青，在护士站走进走出。江小曼今天上的是主班，黄晶晶安排周小慧给她打电话催叫，不想江小曼却早已关机。

黄晶晶冷着脸说："谁愿意替江小曼主班？"

秦羽菲和好几个护士都答应自己愿意。黄晶晶说："先由秦羽菲替江小曼主班！等会儿江小曼来了，我们立刻召开科室全体护士会议！"说完，头也不回地去了护休室。

秦羽菲明白黄晶晶为什么这么生气，也许今天换了别的任何一个人不来，她也不会这样震怒，在黄晶晶潜意识里大概是觉得江小曼仗着在市政府办公室当副主任的丈夫，越来越不把她放在眼里了。上次医院组织的护理技能大赛，完全可以让江小曼去参加，获奖的把握更大，而黄晶晶没有让她去；秦羽菲早已懂得就是因为黄晶晶越来越看不惯她那趾高气扬高高在上的姿态，而江小曼大概也明白了黄晶晶的用心，不止一次在背后表示了自己的不满。秦羽菲看明白了这些，就注意改善江小曼和自己的关系，因而把在新护士传光授帽仪式上的表彰奖励有意让给了江小曼，她不想让多年的同学关系在这些小事情上毁于一旦。所以，今天江小曼没有上班，秦羽菲有些担心，就心甘情愿地替她上了主班。

秦羽菲今天上午够忙的，一人兼两岗，本来应该由江小曼完成的接待病人、处理医嘱等工作，都要她来做。她想自己和江小曼是同学，今天她有事情，自己帮她代班是理所当然的事情。忙了大半天，回到护士站的时候，秦羽菲感觉有点不对劲儿，除了黄晶晶不在，今天其他上班的人都挤在一起窃窃私语，似乎发生了什么事情。

秦羽菲走过去，奇怪地问："怎么啦，个个这么神神秘秘的？"

周小慧说："秦姐，你不知道啊，江姐出事了！"

秦羽菲大吃一惊，急切地问："出事了？小曼出事了？什么事情？"

周小慧说："她老公……她老公和别人开房，被人家老公抓了现行！"

秦羽菲当时就呆了，别人传说的事情，果然是真的，这让江小曼情何以堪呢？她默默地走进治疗室，把手里的各类用具放下，又默默地出来，在护士站的一角静静坐下想，这件事情对江小曼来说太重大了，怎么会这样呢？江小曼的老公算起来在这个小城市里也是有身份、有地位的人了，怎么这么荒唐呢？江小曼一直以来总是以老公为傲，在别人面前感觉良好，这下，可叫她怎么办呢？刚刚受到医院的表彰，江小曼还在陶醉中，突然一下子从云端跌下，落差如此巨大，对她的打击可想而知。不知道这会儿江小曼在干吗呢，是躲起来哭泣，还是在和她老公歇斯底里地大闹？

秦羽菲望望大家，还在窃窃私语。不知怎么回事，她就想到了周一斌。这家伙最近一直不太回家，只留下自己一个人在寂寞中满怀幽怨。范丽芳说过的一句话在她耳边再次响起：姐夫可是越来越帅了，他天天在外面跑，你就不怕被人抢跑了吗？难道周一斌真的就像范丽芳说的，被外面的女人抢跑了吗？难道他也和江小曼老公一样，和别的女人开房吗？最近，周一斌可是十分风光，被建设局局长王曼丽带着，出入各类建设工地，让那些包工头前呼后拥的，难免自我膨胀，而那些包工头说不定会教唆他做什么呢。周一斌的出手可是越来越大方了，上次给范丽芳的玫瑰金黑陶瓷香奈儿手链就值 1000 多呢，现在的浅薄女人，就爱他这样的啊！秦羽菲想到这里简直不寒而栗，再也不敢想下去了。

正在秦羽菲想得出神的时候，江小曼来了。除了看起来有些疲惫之外，江小曼没有什么明显的不同，倒是大家都呆住了，不知道说什么才好。江小曼没事似的说："不好意思啊，我孩子病了，在家里照顾，想打电话向护士长请假，却发现手机没电，充电器又落在科室里了。后来，我老公忙完回家照看着，我就赶紧上班来了！"

江小曼这么说，大家都没有料想到。秦羽菲想，大概她是不想叫人知道这件事情，她是个要强的女人，不想这么没有面子。可是，这事瞒得住吗？不过，江小曼能这么挺住，秦羽菲放心不少，她怕她想不开，再发生什么，那可就不划算了。

秦羽菲关切地说："你孩子病了，要不和护士长说一声，还回去照顾吧，男人家，不会照看的！放心吧，我代你主班吧！"

江小曼一边换工作服一边淡淡说："谢谢，不用了，我可以的！"

秦羽菲看着江小曼憔悴的容颜，心里十分同情却不敢表露出来。

这时候黄晶晶从护休室出来了，她现在也知道江小曼的遭遇了，既然江小曼不说什么，她也就像没有事情一样，说："来啦！我安排小秦代你的主班，你如果没事，就继续上班吧！"

江小曼也不多解释，说了声："可以的，我接着上！谢谢护士长！"说着话转身在大家的注视中向病房走去，秦羽菲一时竟感觉她的背影无比的落寞。

晚上回到家，周一斌又是没有回来。秦羽菲心里空荡荡的，一直想着江小曼的事情。给周一斌打电话，周一斌直接挂断，然后回短信说：开会，市长在呢！秦羽菲一把把手机扔了，禁不住满面泪水，无声而泣，看来周一斌真的决心冷落她了！她气急败坏，进到卫生间，三五下就脱光了衣服，把自己送到沐浴器的喷头下，让喷涌而下的流水冲刷着内心的失落。好一会儿，她才关了沐浴器，站到落地镜前面，有些自恋地看着自己姣好的身体。每当光着身子站在这面镜子前，她总要转来转去，前前后后看着镜子里的自己。镜子里展示的，实在是个人见人爱的美人儿，她的心头就会荡漾起一阵甜蜜。可是，现在看着镜子里这个一丝不挂的美丽的胴体，她的眼泪无声地流下来了。此刻，她多么需要周一斌柔情的抚慰！这是一种从未有过的急切，可是这却实实在在是一种奢望。周一斌这个家伙，他跑哪儿去了？

这段时间，秦羽菲一直心里梗梗的，只要想到江小曼，就会想到她自己。尽管后来周一斌赌咒发誓，向她表白，她总不能消除心头的阴影。这种郁闷的心情，直到赴省人民医院参加一次培训学习，才慢慢好起来。

这次去省人民医院参加培训，是市医院和省人民医院对口帮扶的项目内容，每季度由市医院派出 5 名护士和 5 名医生，到省人民医院相关科室参加培训学习。市医院到省人民医院参加学习的人选，都是高彦华亲自审定的，秦羽菲就在这第三批。从到省人民医院的第一天开始，秦羽菲就觉得自己如同刘姥姥进了大观园，眼花缭乱起来。她在省城医学院上学的时候，曾经多次来省人民医院见习过，尽管如此，她还是感到大开眼界，这种大开眼界主要是因为由过去的浮光掠影变成了现在的身临其境。秦羽菲的培训学习安排在心内科，省人民医院心内科是国内知名专科，拥有一流的设备和专家，从事护理工作的都是副高职称以上的高年资护师，能跟着这些国内著名专家学习，虽然只有一个季度，也是叫秦羽菲不敢想象的事情。她学习的热情格外高，全身心投入到工作中去，把烦恼暂时忘却了。

在省人民医院心内科，秦羽菲见到了卢伟光说起过的护士长陈伊璇。这个让卢伟光梦萦魂牵的女人，果然格外出众。她到心内科培训不久，陈伊璇有一次专门把她叫到自己的办公室，详细询问卢伟光的情况。她确信这是个非常善良的女人。接下来的日子里，秦羽菲得到陈伊璇的很多照顾。细心的秦羽菲发现，丰姿绰约的陈伊璇尽管外表光鲜优裕，骨子里却似有一种难言的忧伤，仿佛她的生活并不是很如意。

周一斌倒是比往常热心，差不多每天都会给她打电话，有时候一天会打两三个，先问问她学习的情况，接着就是坏兮兮地问："想我了没有，我可是想死你了啊！"

秦羽菲还恼怒着他，总是不冷不热地说："你和那些包工头过日子去吧，还能想起我？"

周一斌就油嘴滑舌起来："我又不是'同志'，放着这么漂亮的媳妇不要，和他们纠缠，我恶心着呢！"

秦羽菲说："我在家的时候，你都不愿意理我，这会儿说什么想我呢？我不回来了！"

周一斌夸张地叫起来："那可不行啊，你不回来，我就出家去！快点学完了回来，咱们好在一起甜蜜！"

秦羽菲没好气地说："你觉得我们这样还有甜蜜吗？哪次你不是敷衍了事、草草收场？"

周一斌讨好地说："这一次你回来我一定勇猛英武，小别胜新婚嘛！老婆，你要相信我！"

忙忙碌碌的，时间就过得特别快。这一天下午，不知不觉又到下班的时候了，秦羽菲正跟着带教老师在病房，忽然接到高彦华的电话："小秦，在忙吗？我来省城出差，现在住在金城大酒店，你过来一趟，咱们一起坐坐。"

秦羽菲知道，高彦华只要出差到省城，总会叫来参加培训的人在一起聚聚，吃个饭，勉励大家好好学习，这次大约又会和大家一起吃饭吧。她答应着："下班以后我马上过去！"

秦羽菲现在对高彦华已经很有好感，再也没有觉着有什么不妥。下班以后，她换好衣服，心情愉快地打了出租车，来到了高彦华下榻的金城大酒店。

高彦华这次来省城参加医疗器械采购招标，同来的还有主管副院长、药械科科长和院务办主任。本来他们和司机 5 个人都住在海蓝大酒店，为了和秦羽菲见面方便，他又在金城大酒店要了一间房子。对其他几个人说了一声要外出办事，就直接到房间里等秦羽菲。他是个十分小心谨慎的人，做事的风格是坚决不要给自己带来不必要的麻烦。躺着休息了一会儿，高彦华给秦羽菲打完电话，就坐在房间里入神地看着电视剧《康熙王朝》。这是高彦华最喜欢看的一部电视剧，索尼和顾命大臣们的斗法，康熙和鳌拜的对决，都给了他深刻的启发。

听见敲门声，高彦华起身打开门，秦羽菲微笑着站在门外。他让秦羽菲进来，给她倒了一杯茶，又示意她坐下。秦羽菲也不客气，就坐在对面的沙发上。

高彦华说："学习差不多 20 多天了，想家吗？"

秦羽菲说："当然想呢，我孩子还小，每天晚上我不给他打电话，他就要给我打电话呢！"

高彦华说："你儿子真可爱！"

看看时间已经过了6点半，却再也没有人过来，秦羽菲不觉心跳起来，有些惶恐地问："高院长，其他人呢？怎么不见他们来？"

高彦华问："其他什么人？"

秦羽菲说："就是这次来参加培训的其他人啊！我听说，只要您出差到省城，总会叫来参加培训的人在一起聚聚，吃个饭，勉励大家好好学习，这次难道不是和大家一起吃饭吗？"

高彦华朗声笑起来："你知道的可真不少啊！不错，每次我来省城，一定会请我们院的人吃一餐饭的。不过，这次例外，我只叫了你一个，其他人明天吧，明天有空的话，我们一起吃饭！"

秦羽菲意外地张大了嘴，想说什么，却说不出来，心跳得更加厉害，不知道高彦华到底用意何在。

高彦华笑道："怎么，有什么问题吗？"

秦羽菲急忙连声说："没有，没有，我只是觉得很意外！"

高彦华又笑起来："没有什么意外的，我早就想和你说说话了，可是在医院，人多眼杂，不方便。现在在这里，人生地不熟，就方便多了！"

两个人说着一些闲话，看看时间差不多到了7点，外面已经是暮色降临了，高彦华说："我们下去吃饭吧，再不去，肚子就会闹革命的！有一家海鲜不错，去试试吧！"

　　两人下了楼，打车去了一家海鲜城。这时候，暮色已经慢慢笼罩了这个城市。秦羽菲明白高彦华的意思，就是要等天晚一些，以免被熟人偶然遇见。她想，高彦华真是细心，可是他到底要说什么呢？

　　这里是省城的繁华地段，大街上人流和车流熙熙攘攘，出租车好不容易才到了门外。进了门，海鲜城一片喧闹，秦羽菲尽量做出一副气定神闲的样子，仿佛扑面而来的奢华场面并没让她心里波涛汹涌，似乎摆在面前的那些闻所未闻的山珍海味就是自己司空见惯的家常便饭。但她其实并没有吃过海鲜，好多东西甚至不知道怎么下手，只好悄悄留意别人，先看人家怎么处理，然后自己再照猫画虎，畏首畏尾的小家子气再也无法掩饰。高彦华谈笑风生，评论哪家饭店什么风味，一副对省城餐饮业了如指掌的样子。

　　高彦华举杯和秦羽菲碰了一下，浅浅喝了一口红酒说："我听说，你把上次医院表彰奖励的名额让给了江小曼，你的风格可很高啊！"

　　秦羽菲说："这么小的事情，院长都知道了啊？"

　　高彦华问："怎么想的？"

　　秦羽菲说："大家工作都很努力的，上次我已经得过一次奖励了，这次该换个人，再说，这样也有利于科室主任和护士长的管理！"

　　高彦华赞许地说："你说得不错，你能这样考虑，说明你很有头脑！"

　　秦羽菲的脸通红起来，说："我是乱说的！"

　　高彦华说："你说得很对呢！你不仅是个好护士，还是个好女人！"

　　秦羽菲听着这话，只觉得手足无措了。

高彦华放下筷子，叹口气，说："其实，男人的一生，站得高不高、走得远不远，取决于能否遇到个好女人，这女人可能是女朋友，可能是老婆，可能是知己，可能是一辈子都不分离的情人！无论哪种，最重要的是他们的心在一起！哲人说过'爱就是成就一个人'，对于男人来说，能否修炼并达到一定境界，关键是要身边有一个贤淑温柔、善解人意的好女人，一定要避免'遇人不淑'。因为好男人是由好女人扶助、关注、欣赏、修剪造就的。没有好女人，哪来的好男人？"

秦羽菲受了感染，点点头，说："不错的，人们常说的，过日子，其实就是过女人，是女人决定了一个家庭的兴衰与快乐！我还记得有一篇报道，说比尔·盖茨在接受杨澜采访时，被问到他一生中最聪明的决定是创建微软还是大举慈善？他回答都不是，找到合适的人结婚才是！"

高彦华望着秦羽菲，慢慢地说："你就是一个贤淑温柔、善解人意的好女人！"

秦羽菲脸唰地红了，说："我可不敢当，我好在哪里呢？"

高彦华说："我在洪河镇卫生院第一次见你，就知道，你是个细心周到、善解人意的好女人！所以，我才决定，要把你从乡镇卫生院调到市医院的！"

秦羽菲说："这个事情，多亏了您呢，您的好处我一直记着呢！"

高彦华摆摆手，说："我说这些话，可不是叫你感谢我的！再说，你已经谢过我了！"

高彦华接连啜饮了几口红酒，感慨说："人其实都是苦行者，没有谁不是背着自己的十字架在痛苦中煎熬。就拿赵大生来说，你以为赵大生本来就是这么无耻吗？不是，他本来是个非常有能力、非常有正义感的人。前任院长由于身体不好，不太管事儿。赵大生作为第一副院长，主管业务，非常敬业，把所有的事情都管理得井井有条。那几年，市医院各项工作在全省所有县市级医院中，由原来排名靠后一举跃上前几位，赵大生功不可没。只是，我当了院长以后，他心理极度不平衡，在巨大的失落中，终于自甘堕落，开始胡作非为了！"

秦羽菲"哦"了一声，她本来也不相信赵大生从一开始就是这么坏。每个人都要为自己的所作所为付出代价的，赵大生有过如此辉煌的过去，而现在却这样不堪，不知道他以后会不会为自己的迷失而追悔莫及呢？

秦羽菲看出来了，高彦华其实是心事重重的，一定是有什么话要对自己说，要说什么，她已经大体可以猜到，这些话，可是自己负担不起的！她就不再接高彦华的话头，只是静静地听着。

高彦华长长叹了口气说："每个人都有不为人知的一面啊，别看我每天人模狗样的，其实内心的空虚和愤懑只有自己才明白！你知道吗？我在外面风风光光，可是家庭却糟糕得一塌糊涂！我们的爱情千疮百孔，婚姻风雨飘摇！"

秦羽菲骇然望着高彦华，不知道说什么才好。

高彦华大大地喝了一口酒，眼睛猩红再次叹息说："你难以想象，就在我在乡镇卫生院当院长的时候，我老婆却把别的男人招到了家里。我内心的寂寞和痛苦，有谁能知道呢？"

秦羽菲吃了一惊，这是怎么也想不到的事情，要不是高彦华亲口说出来，她怎么也不会相信的。她同情地看着高彦华，不知道该怎么安慰他。高彦华的老婆在市医院手术室当护士，她曾经见过，人长得相当不错，当时她还暗夸高彦华有眼光，他这样有品位的男人，当然得有个高雅的女人才配得上。哪知道，高彦华的老婆居然是这样的人。这社会道德沦丧，男人以寻花问柳为乐，女人以红杏出墙为荣，满眼都是狂蜂浪蝶在招摇，妻离子散的人家何其多啊！长此以往，难道让所有的家庭都解体吗？

不知为什么，秦羽菲的心忽然悬起来了，她想到了另外一件事：她担心的事情终于要发生了！这高彦华原来和赵大生有同样的目的，都对自己怀着一种功利企图，只不过赵大生太过直接，而高彦华讲究策略，其实说不上到底谁更高尚！一个男人，在另一个女人，特别是他心仪的女人面前诉说家庭的不幸，这分明就是在勾引她！这都是老一套了，高彦华却还在这里一本正经地演出。她内心极度尴尬，不想再听他说下去了，但是找个什么借口走掉呢？高彦华毕竟是有恩于自己的人，况且现在还是她的领导，又怎么好意思开口呢？没有办法，她想，反正这里是饭店，人来人往，高彦华也不能把自己怎么样，索性就等着他把戏往下唱。

高彦华猛地喝了一大口酒，痛苦地说："当我知道她背着我找男人以后，我悲哀、绝望，但是我不能离婚，我是要面子的人。我曾经想报复她，我这样的男人，虽不敢说要什么样的女人都能得到，最起码身边还是不缺女人的！只是，最终我都没有勇气走出最后的一步。我的内心在挣扎，灵魂在煎熬，可是有谁会理解我？安慰我呢？"

秦羽菲内心当然是同情高彦华的，这种痛苦对一个男人来说，是刻骨铭心的。可是，她更加担心的是，接下来自己将如何应对他？她的心几乎要从嗓子眼里跳出来，看样子，今天他终于要图穷匕见，表达最终目的了！

果然，高彦华温情脉脉地望着秦羽菲，说："我就希望有一个无话不谈的好朋友，能够让我得到心灵上真正的安慰。你知道吗？现在就算我做出再大的成绩，取得再大的成功，也没有人和我分享这种喜悦和幸福啊！我注定就是一个无人喝彩的独行者！这种断肠蚀骨的寂寞和孤独，你懂吗？"

秦羽菲温情地注视着高彦华的眼睛，心里却在想：男人的话，可信吗？她想起一次著名的实验：19 世纪末，美国康奈尔大学曾进行过一次"青蛙试验"，将一只青蛙放在煮沸的大锅里，青蛙触电般地立即蹿了出去。后来又把它放在一个装满凉水的大锅里，任其自由游动。然后用小火慢慢加热，青蛙虽然可以感觉到外界温度的变化，却因惰性而没有立即往外跳，直到后来热度难忍而失去逃生能力被煮熟。科学家分析认为，这只青蛙第一次之所以能逃离险境，是因为它受到了沸水的强烈刺激，使出全部力量跳了出来。第二次由于没有明显感觉到刺激，因此失去警惕，当它感觉到危机时，已经没有能力从水里逃出来了，这就是所谓的"温水煮青蛙效应"。温水煮青蛙效应告诉人们：一个人不要满足于眼前的既得利益，不要沉湎于美好的愿望之中，忘掉危机的逐渐形成和看不到失败一步步地逼近，最后将像青蛙一般在安逸中死去。高彦华大概就是在"温水煮青蛙"吧？

高彦华热切地说："我接触过很多女人，其中不乏对我百般讨好的，但只有你能够让我完全沉静下来。我想要的这个红颜知己，可不可以是你？当然，你尽可以放心，我们只是有时间了聊聊天，说说话，我不会再有别的奢望！"

秦羽菲红了脸，说："我？可以吗？我只是一个浅薄的小女人，人生的圈子除了科室，就是老公和儿子！像我这样的人，根本不是你想象的那么好的女人！"她很巧妙地抬出儿子和老公，明确表示拒绝高彦华。一个领导和他的下属之间是不存在友谊的，特别是男领导和女下属，别人打死都不会相信她是高彦华的朋友。她相信，她这么说高彦华一定能明白的。

高彦华把手里的酒一仰脖子全部倒进肚里，脸色血红，看起来有些狰狞恐怖："别人看到的都是我的风风光光，有谁知道我的痛苦呢？在医院里，我的副手，主管医疗工作的第一副院长赵大生，抓住我的某些把柄一再要挟，我步步退让，他却虎视眈眈，时刻想把我拉下马取而代之；在家里，我们同床异梦，离心离德。你说，我容易吗？"他压抑着声音，听起来有些哽咽，叫人颇觉心酸。

秦羽菲下意识地抽了几张纸巾，递给了他。高彦华的话虽不错，可是经得起追问吗？这一切，我这个小女人能有什么办法？你是院长，有更大的责任和义务等你去担当。可是你却如此优柔寡断，只知道借酒浇愁，这样只会让赵大生那样的卑鄙小人更加猖狂。

过了好一会儿，高彦华才强自平静下来，说："我和赵大生的斗争已经到了白热化的境地，我不知道会有什么样的结局！人生真是太难以预料了！早知今日，何必当初，我真想自己仍然在乡镇卫生院当院长，既不会发现老婆有问题，也不会陷入无穷无尽的斗争中，就不会像今天这样烦恼了啊！"

秦羽菲静静地听着，心想，这个男人在外面那么风光，内心怎么却如此的痛苦呢？上天是不是不许人轻狂，当一个人攀上人生巅峰的时候，就注定了要这么痛苦和失落吗？

第六章 Chapter 6

　　十几年前在省城医学院上大学的时候，解剖学教授是整个学校最赫赫有名的人，不仅是他的学术水平在学校首屈一指，更主要的是他的声名狼藉——他和护理系那些环肥燕瘦的女弟子都有过风花雪月。为此，师母多次大闹护理系。奇怪的是，师母越闹，找他的女弟子越多。在省人民医院门诊楼等电梯的时候，秦羽菲偶然看到了解剖学教授，十几年光阴过去了他却依然风度翩翩。教授看到她，眼睛灼灼发光，一口叫出了她的名字。当年她就知道，他对她怀有一种意思。她总是以各种借口婉拒了他的多次邀请，多年过去他依然记得她的名字，大约是她给他留下的遗憾太深了吧？望着他被很多人众星捧月般簇拥着消失在楼道转弯处，秦羽菲想，如果高彦华老上20岁，看上去就和解剖学教授几乎是同一个人了，他们长得实在太像了。

一个季度以后，秦羽菲从省人民医院培训结束回到市医院上班的第二天，副院长赵大生亲自来科室找她了。前一段时间，赵大生再也没有骚扰秦羽菲，让她稍稍放心了些，大约他是知难而退了吧？可是今天，赵大生一副来者不善的样子，板着脸孔，带着医院人事科科长和护理部主任，风风火火地来到内三科，先是找来了科室主任和护士长黄晶晶，再让黄晶晶来叫秦羽菲。

秦羽菲正在给一位肺心病患者吸氧，听说赵大生"有请"，脸都白了。前段时间，赵大生把两个不愿意委身于他的护士踢出市医院，调到了秦羽菲曾经工作8年的偏僻的洪河镇卫生院，她们要想再调回市医院这辈子几乎是不可能的了。医院里对这件事情议论纷纷，秦羽菲亲眼看着赵大生只是轻轻一个动作，就毁掉了两个人的生活，心里真是不寒而栗。这太可怕了！她不知道会有什么样的厄运降临在她的头上。现在赵大生找她，肯定不是什么好事，她暗暗担心而气恼：怎么就这么阴魂不散，还要脸不要脸了？可是又不能不去，犹豫再三，没有办法，只好叫来一名实习护士交代一下，赶紧向护士站走过来。

赵大生刚刚参加完在上海举行的心内科复杂疑难病例研讨会。这次会议由上海远大心胸医院主办，旨在为心内科领域专家、学者提供手术交流与分享的平台，深入探讨心内科临床领域的复杂疑难病例，提高疑难杂症的临床诊断和治疗技术。来自瑞金医院、中山医院、新华医院、同济医院等知名医院的约100名心内科专家、医生莅临参与。赵大生作为西北最有声望的心内科专家，被特邀参加了这次盛会。在会议上，他就提交的"暴发性心肌炎伴有心律失常心脏骤停"案例，和各位专家进行了深入讨论，他的观点得到了大家的一致认同，被评为最佳。可以说，赵大生这次是载誉归来，医院到处都在传扬他的出类拔萃和突出贡献，这更让他趾高气扬。

望着秦羽菲从楼道那头走到护士站，赵大生早已等得有些不耐烦。秦羽菲走到他面前了，他却反而看也不看她，依然板着脸孔，严肃地说："最近，妇产科护士有好几个进修的、请婚假产假的，缺员比较多，人手实在不够用。为此，医院临时决定，从部分科室抽调几名护士帮忙，在内三科抽调的这一名，就是你，秦羽菲。请你不要有什么想法，这是工作的需要。现在，我们就带你去妇产科报到！"

秦羽菲脑子就乱了，没有听说妇产科缺员严重的事情啊，再说，抽调人，怎么不和科室商量，黄晶晶没有给自己透露过这个消息。秦羽菲终于想明白了：什么工作的需要，哄鬼去吧，这其实是赵大生在故意刁难自己！她心里一阵害怕，身子都有些颤抖，眼泪早已不争气地流下来了。

秦羽菲看看黄晶晶，黄晶晶没事一样看着赵大生，她就知道了她救不了自己。尽管黄晶晶这个"王熙凤"依然是"王熙凤"，但来的这个人却是大观园里至高无上的"贾老太太"。

看着秦羽菲这样，赵大生有些扬扬得意，揶揄地说："怎么啦，不愿意去吗？你呀，上次给你说的那个事情，是工作的需要，你不愿意。这次，你再不愿意是不行的！"

赵大生这么挖苦，更加激起了秦羽菲的反感。她反而不流泪了，强忍住悲伤和担心，把心一横，去就去，妇产科虽然又脏又累，但毕竟还不是地狱，他赵大生这个恶魔还能吃了人？她脑子里飞快地这么转了一圈，点头答应："行！我服从医院的决定！"

赵大生挤出一丝笑意："好，你能这么支持我的工作，很好！现在就带你去妇产科报到！"

秦羽菲怎么也没有想到，赵大生到了妇产科，见到护士长会是这样的一副面孔。他铁青着脸，一见面就厉声训斥护士长："你是干什么的？科室让你管理成什么样子了？乱哄哄的，你太不称职了！我给你介绍一下，这是从内三科抽调的秦羽菲，上次全院护理技能大赛第一名的获得者，从今天开始，正式到你们科室上班！"

妇产科护士长三十五六岁，中等个子，明眸皓齿，颇有一些姿色，在赵大生劈头盖脸的训斥下，红着脸，丝毫不敢反驳，只是唯唯诺诺，讨好地点头答应着。

赵大生接下来的话，把秦羽菲和护士长都弄懵了："今天给你交个底，等秦羽菲在妇产科工作熟悉之后，就由她接替你当护士长！你呢，就在妇产科干个一般护士吧！"说完，头也不回，带着人事科科长和护理部主任走了。

妇产科护士长似乎不相信似的，半天才反应过来，气得整个人在发抖，脸都成了青的，两眼紧盯着秦羽菲："好好，秦羽菲，算你狠，你要上赵大生的床，我不拦你，可是你别来抢我的饭碗啊！"

要说赵大生的话叫秦羽菲很意外的话，护士长的这番话才真正让她大吃一惊，一下子明白了赵大生的恶毒用心。她怎么也没有想到，赵大生会这么安排，她原以为他早已死了这份心，哪知他居然来了个霸王硬上弓，要强行安排她当护士长。只要自己被任命为护士长，那么，真是浑身是嘴都说不清了，别人一定会认为自己和赵大生有了暧昧。赵大生这一招可真是阴险啊，知道对自己的那份心思没有可能了，就开始打击报复了！

秦羽菲急忙解释："护士长，您别听他的，事情不是这样的！我和赵副院长根本就没有什么，是他说妇产科人手少，要抽调我来帮忙的！我绝对没有要当护士长的意思！您放心！"

护士长冷冷地说："什么妇产科护士人手少，我怎么不知道？别装了，这全院人谁不知道，要让赵大生任命一个人当护士长，除非先上他的床！咱们医院现在就有这样的两三个护士长！你也别不好意思了，我当初就是这样才当上护士长的！算起来，咱们还是姐妹呢！"说到这里，一阵阴森森的冷笑。

秦羽菲两眼满是泪水，强自辩解地说："真的，我和他是清白的！是他故意要陷害我！我绝没有要当护士长的意思！"

护士长哼哼一笑："你放心，虽然护士长的任命不是谁个人可以决定的，但只要赵大生想要谁当护士长，他一定可以办到的！"她盯着秦羽菲的眼睛，怨毒地说："你都和他那样了，他会不尽心竭力吗？"

就算秦羽菲再怎么解释也无济于事，护士长早已认定她和赵大生有一腿。秦羽菲突然觉得很无助，她不想再解释了，没有用的。事情居然如此复杂，赵大生实在太恶毒了，不但给人造成一种自己和他在搞暧昧的错觉，还故意把自己放到一个这样刻薄的女人手下，以后自己的工作还能干吗？秦羽菲简直要崩溃了，呆立在楼道里，不知道该怎么办。

护士长看着秦羽菲不说话，以为她终于默认了，就一副很不屑的样子冷笑着说："行，你厉害！咱们走着瞧！"说完，头也不回地走了，把秦羽菲晾在一边。

秦羽菲在市医院最悲惨的一段日子就这样开始了。在妇产科上了短短一周时间班，她已经遭受了很多难以想象的屈辱。只要是最脏最累的活儿，护士长都安排她去，而且，她刚到妇产科第三天，对科室的情况还不熟悉，护士长就安排她单独上夜班了。好在她有在镇卫生院"打杂"的工作经历，观察产程进展和接生之类的活儿，对她都是轻车熟路，倒也难不住她。这还不算，护士长总会抓住有很多病人和护士在场的时间，随便找个理由狠狠训斥秦羽菲，弄得她尴尬至极多次下不来台。她心情灰暗极了，只要一回家，就不想再出来了。

好久都没有联系的卢伟光忽然来看她，秦羽菲怎么也没有想到。看到他的第一眼，她马上想到，他是不是又和周小慧出什么状况了？最近一段时间，在周小慧的紧追不舍下，卢伟光似乎慢慢接受了她，秦羽菲为他们感到高兴。

卢伟光没有说什么关于周小慧的事情，而是来安慰她的："这个医院太压抑了，我有个同学，在广州开了一家私人医院，我早就想过去。现在，赵大生对你这个样子，我觉得你很难在这里工作下去，不如我们一起去广州，你觉得如何？"

秦羽菲大吃一惊，意外地看着卢伟光，他眼睛亮亮的，热切地期待着。她一直以为，赵大生对自己这样，除了江小曼和黄晶晶等几个人之外没有别人知道，现在看来连卢伟光这个怪人都知道了，大约医院没有人会不知道了，她忽然冷汗都下来了。别人会怎么看自己呢？对这种事情，女人总是会格外起劲地嚼舌头，而医院恰好就是女人最多的地方。不过，她很快冷静下来，倒没有听到几个人说自己的闲话，看来知道的人应该不多。

秦羽菲仔细再看卢伟光，他还是那么热切地望着她，从这种目光里，她忽然读出了另一种东西，她不敢再看他的眼睛，含糊地说："我已经没有这个资本了！我的家在这里，我的根在这里，我还能到哪里去呢？就是你，也不能随随便便去，你走了，小慧怎么办？"

卢伟光目光依旧炙热："我知道你内心的煎熬，只要离开这个是非之地，我们一切都会好起来的！"

秦羽菲赶忙说："别这么说了，另起炉灶这不容易，我们坚持吧，就像你说的，一切都会好起来的！"

卢伟光的目光黯淡了一下，又坚毅地说："我会等到你同意的那一天！"

秦羽菲心"轰"的一下，瞪大眼睛望着卢伟光说不出话来。她一直在躲避麻烦，哪知道，一个又一个麻烦总是不招自来。对于卢伟光带来的这个麻烦，她又该如何应对呢？

这段时间，周一斌还是老样子，或者早出晚归，或者一两天不见面，秦羽菲对他的怨气越来越大，而他却似乎毫未察觉。难得地见到周一斌，秦羽菲期待他能看出自己的不高兴，然而周一斌只是淡淡地和她说几句话，一点儿不关心。

秦羽菲实在忍不住了，有一天周一斌刚进门，她就大声说："你还知道回来啊？"

周一斌一副无辜的样子："我的家，我怎么不知道回来？你什么意思啊？"

秦羽菲眼泪哗哗地直流，哭着说："你根本就忘了还有个家了，你关心过孩子？还是关心过老婆？"

周一斌阴阳怪气地说："用得着我关心吗？我老婆现在长本事了，有人关心，马上都要当护士长了！"

秦羽菲一愣，气得浑身发抖，指着他说："周一斌，你，你浑蛋！"

周一斌盯着她说："浑蛋不要紧，我只怕当了乌龟王八蛋！"

这话就是在挑衅了，秦羽菲霍地抬起头看他，他丝毫不回避地望着她，一点没有宽慰她的意思。

秦羽菲知道他是听信了别人的传言，本指望周一斌能安慰自己，没有想到，他的怨气会这么大。她还能说什么呢？她再也受不了周一斌的冷漠和猜疑，慢慢站起身，进了卧室，扑到床上流泪去了。周一斌似乎也没有再往下吵的意思，坐在沙发上抽了一根烟，起身重重一摔门，头也不回地走了。她终于大声哭了起来，追出来的时候，只看到周一斌在门口一闪的背影和重重关上的门。

这真是内忧外患，秦羽菲没有想到周一斌会是这个态度，他居然很快就听信了谣言，太不信任自己了，这不是雪上加霜吗？以后，这日子可怎么过啊？

有天护士长又一次因为一点儿小事情，在科室晨会上将秦羽菲严厉批评了一番。秦羽菲委屈极了，想找院长高彦华，和他说说自己的处境。可是她找到高彦华的办公室，却发现他并不在单位。到院务办问，主任告诉她，高院长到北京参加医药卫生体制改革研修班去了，为期半个月，可能还得几天才回来。秦羽菲怏怏地回到科室，忽然想起上次在省城，高彦华说过，赵大生抓住他的把柄一再要挟，看来高彦华就算在医院，也不一定就能帮得了自己的。她只好这样苦挨着，感到心力交瘁，看不到一点出路。

　　每天回来，秦羽菲连饭也懒得吃，一进门又趴在床上大哭一场。那本村上春树的《挪威的森林》这时候成了她最好的陪伴，村上说："每一个人都有属于自己的一片森林，也许我们从来不曾去过，但它一直在那里，总会在那里。迷失的人迷失了，相逢的人会再相逢。即使是你最心爱的人，心中都会有一片你没有办法到达的森林。"她付出了，她曾经以为，周一斌就是她这一辈子的森林，可是现在看来，周一斌的森林中居然还有一片她不能到达的角落！

　　从上次卢伟光到妇产科找她之后，不知道什么原因，这几天总是能够碰见他。在卢伟光走过她身边的时候，总会很热情地和她打招呼，关切之情溢于言表，一点儿也不是过去那种沉默寡言的样子。秦羽菲客气地回答着他，对他的关切偶尔也会报以感谢的微笑。有一次，她刚刚和卢伟光打个照面走过，忽然想起卢伟光这段时间对自己超出一般同事的热情，心不由得一阵剧跳。回头望去，卢伟光正望着她，她赶忙回头匆匆走了。

偏巧接下来又发生了一件事故，让秦羽菲受了伤，住在医院外科，好多天上不了班。

前一天晚上，周一斌又没有回家，秦羽菲一个人胡思乱想就没有睡好。第二天早上起来，眼睛红红的，精神很不好，但是班还得上。她强撑着到了医院，接下来的忙碌让她顾不上去想自己。正好，有个30多岁打扮得很时尚的女人来就诊，在门口遇到年轻医生小赵。

小赵边走边说："这里是住院部，住院就来这里，我们不接诊门诊病人。"

女人面色一变，强词夺理说："医院就是看病的地方，不管什么住院部还是门诊，我就在这里看定了！"

小赵耐心给她解释，这女人却发飙了，怒声喝骂着小赵。小赵还要说什么，秦羽菲正好从护士站出来到病房换药，听到女人的喊叫，过来向小赵使个眼色，让她进医办室去躲一下。秦羽菲对这女人说："请你注意自己的言行，每个单位都有自己的规矩，必须按照规矩来！既然你要在这里看病，也得等一下，医生们正在查房，完了给你检查！"说着话示意她到楼道的患者椅子上坐下等候。

换完药，秦羽菲回护士站的时候，却发现医办室里小赵正和那女人在争执。刚才，秦羽菲劝说女人等候，她却不愿坐着等，直接进入医办室，看到只有刚才在楼道见到的小赵一个人，不由得质疑小赵说："你这么年轻，能力大概没有其他医生好吧？你去找找，我要你们这里技术好的大夫给我检查！"

小赵白了她一眼说："你这个人怎么这么多事情？其他医生正在查

房，没有时间的。本来我们不接诊门诊病人，我给你检查就很不错了，你还挑剔什么？"

女人看小赵年纪轻轻也敢教训自己，不由得怒气爆发，重重跺了跺脚，大声对小赵喊道："你个不知天高地厚的小贱货，你父母没有教你怎么对别人说话吗？"接着她两眼喷火，舌尖嘴利如同机关枪开火一般对小赵百般辱骂。

小赵没有还手之力，只好说："请你出去，不要影响我们工作。"

女人追着小赵骂了一会儿，也觉得欺负一个没有招架之力的小姑娘不算好汉，就边骂边走，"笃笃笃"踩着高跟鞋出门，如马蹄声渐去渐远，小赵总算松了一口气。哪料这女人似乎没有骂尽兴，又杀了个回马枪，再度回到小赵跟前兴师问罪，那种彪悍至极的样子仿佛她就是百万军中取上将首级如探囊取物的张翼德。

秦羽菲从护士站出来，急忙赶过去劝解，那女人高声嚷道："这医院就是接诊病人的地方，你凭什么要求我出去？"

恰好这天科室主任有手术不在病区，护士长听到喊叫，走进来看到她在无理取闹，也过来劝阻，委婉地对她的行为提出批评。女人的火气正在爆发，似乎她就是世界之王，哪里肯容别人对她指手画脚？她恶语咒骂护士长："你以为你是谁，在这里教训我，你们这些收红包、吃回扣、草菅人命的东西，有脸和我这么说话？"

护士长被她的口水溅了一脸，觉得无比晦气，一边抹脸一边回击，两人发生了激烈的争执。女人像一头发怒的母狮，居然歇斯底里起来，动手推扯护士长。妇产科都是女医生，大家都吓坏了，没有人敢来劝架。

秦羽菲虽然厌恶护士长，但是遇到这种情况，却不想袖手旁观。怎么说护士长和她属于内部矛盾，现在应该一致对外才是。她内心这样幽默着，源于她把事情看得比较简单，这种医患争执她见得多了，只要有人劝解，一般不会有太大问题。

秦羽菲怎么也没有想到这次自己轻敌了，刚刚说了一句"有话好好说，都消消气，别这么过激了！"女人狮吼一声，放开护士长，把秦羽菲当作出气的对象，骂道："我怎么过激了？过激的还在后头呢！"说着话，她干脆君子动手不动口了，一把抓了秦羽菲的领口，一拳使劲打在她的胸口，接着又是几拳，似乎秦羽菲是她拳场上的陪练，活该挨打。

秦羽菲哪里经过这种场面，早被打蒙了。

好在医院保安及时赶到，把女人拉开。秦羽菲已经受了不小的伤，脸上流出了血。几个护士赶紧把她送到外科处理伤口，外科伤情诊断显示：左侧外耳道撕裂伤，耳廓、耳后软组织损伤。

医院向市公安局东大街派出所报了案，不久派出所赶到现场。三个警察忙活半天认定，女人的行为构成故意伤害，并对其做出刑事拘留5天并处罚金的处罚措施。在派出所介入后，大家才知道，这女人姓郑，是银行的一名中层干部。很快，秦羽菲受伤事件在网站、微博等媒体纷纷转载，郑某的伤医行为遭到了社会各界的严厉谴责。第二天，省医师协会法律事务部发出了"银行应严肃处理伤医者给医院人员一个说法"的呼声，声援秦羽菲。郑某的行为及社会反响也引起了所在单位的高度重视。隔了两天，该银行领导来到医院慰问秦羽菲，并向她道歉，单位党组织已在全体党员大会上，宣布对郑某给予党内严重警告处分，免去其中层领导职务。

这几天，秦羽菲躺在病床上，对受伤这件事情倒没有什么想法，而是悲伤在这个节骨眼儿上，周一斌会怎么看？她在外科住下不久，周一斌就来了，只是他居然还是板着脸，看不出一点儿表情。不过，他对秦羽菲照顾得倒是无微不至，这让她稍稍有些安慰。她了解周一斌的脾气，知道只要他愿意照顾她，这事儿就算过去了。哪知道，一出院，周一斌又不见了，她气坏了，却没有地方去说。她暗暗想，看来周一斌出息了长本事了！

最让秦羽菲气恼的是，自始至终，护士长居然没有来看她！自己受伤明明是为了劝阻别人对她的撕扯，如果她不去，说不定被郑某打伤的就是护士长呢。人啊！她在心底感慨！最后又安慰自己，算了，不跟她一般见识了。自己劝架本就没有想着要在她那里讨好，只是出于道义和良知啊！可是，怎么想怎么不舒服，一连好几天她心里都梗梗的。

秦羽菲住院之后，卢伟光给她发了几个问候短信，让她心里暖暖的。有个下午，卢伟光和周小慧一起来看望她。秦羽菲看到，周小慧神采飞扬，对于能和卢伟光在一起，她是非常满足的。然而，从卢伟光的言行举止中却看不出对周小慧的爱意，相反只是同事或者朋友间的那种简单的客气。倒是卢伟光对秦羽菲的关心却到了细致入微的地步，秦羽菲虽然感觉到了，却不敢说什么，她怕周小慧误会，于是一个劲儿让卢伟光带周小慧去吃晚饭，给他们创造在一起的机会。周小慧脸色潮红，很感激她的善解人意，只有秦羽菲心底在暗暗叹气，她现在已经预见到，周小慧对卢伟光的爱情恐怕不会收获她想要的结果。

Chapter 7

第七章

父亲从老家打来电话，要她回去一趟，刚刚拿起治疗盘的秦羽菲一阵慌乱。隔着电话，她也能听出父亲的情绪不好，心底立刻涌上一种不祥的感觉。她急忙躲到一边悄声问父亲到底发生什么事情了，父亲却只说让她回来再说。放下电话，她赶紧请了假。匆匆往回走的时候，硬着头皮给周一斌打了个电话。这几天，周一斌还是老样子，她委婉地说家里有些事，想和他一起回去。但是周一斌不冷不热的，也不问她到底出什么事情了，她心就凉了半截，眼圈不由得发红了。因为挂念父母亲，就不和他多废话，回家收拾一下，急忙搭乘班车往家里赶。

车在弯弯曲曲的道路上奔走，秦羽菲隔着窗户望着外面，心底一阵阵发酸。有一阵子没有回老家来了，她有些愧疚，父母亲年纪大了，在家里既要做农活儿，又要带哥哥的孩子，是很辛苦的。古人说养儿为防老，虽说自己离得不算太远，却一点儿帮不上忙也照顾不上。这么想着，时间过得就快了，两边景物快速变换，一如她苍凉的心情。

家在一个名叫江离的小镇上，小镇的山里到处是江离草，老人们都用它来解除不生育的女人的难言之隐，江离镇就是因此而得名的。她家所在的村子是盛产江离草最多的地方，在上小学的时候，父亲在星期天会带着她和哥哥一边在山上采摘江离草，一边给她们朗诵有关江离草的古诗，远一些的是《离骚》："扈江离与辟芷兮，纫秋兰以为佩。"贾岛的《送郑长史之岭南》："苍梧多蟋蟀，白露湿江蓠。"近一点的有龚自珍的《秋夜花游》："海棠与江蓠，同艳异今古，我折江蓠花，间以海棠妩。"后来她上了医科大学，看到《神农本草经》有对江离的记载："江离气味辛、温，无毒。主中风入脑，头痛，寒痹，筋挛缓急，金疮，妇人血闭无子。"上大学的时候，她一直为家乡江离出现在屈原的《离骚》中而自豪。

三个多小时以后，她回到了家里。远远看到村口那棵古老的柳树，似乎还像过去一样没有丝毫变化。但从村口往进走，却很少见到有人走动，到处杂草丛生，一派荒凉，很多人家的大门都挂着锁，只在个别人家门口看到一两个神情漠然的老人。秦羽菲知道，村里人家大部分都到外面打工去了，只有每年过春节的时候才回来，有些甚至春节也不回来，村子里人越来越少了。看着眼前的景象，想到父亲电话里那种悲伤，她的心底涌上一种说不出担忧。

父亲早年是村上的民办教师，虽然学识渊博，但在村小学干了20多年也没有等到转正的机会，年龄大了就回了家。父亲是秦羽菲的第一位老师，一直教她上完了小学。他说话做事一直慢慢腾腾的，一副宠辱不惊的样子，所以60多岁了，看起来也不太显老。母亲则正好相反，性子急，而且常年在家做农活，样子比较苍老。秦羽菲进门的时候，父亲坐在门口编织箩筐，母亲坐在一边纳鞋底，小侄女去了学校，小侄子在母亲身边自己玩耍。比起上一次见他，父亲不知道为什么明显老了一截，母亲则更显老。当然，看到他们都平安，秦羽菲到底放了些心。

女儿回来了，父母亲脸上漾起一丝笑意。进了屋子，听父母亲一说，秦羽菲才知道家里发生了一件不幸的事情：哥嫂离婚了。她明白，这件事情对父母亲的打击有多大。

哥哥长秦羽菲5岁，一直在外面打工，和嫂子生有一女一儿两个孩子。嫂子本来在家带孩子，哪知道三年前，父母亲偶然发现她难耐寂寞，和同村一个光棍纠缠在一起。一直要强的父亲面子上挂不住，但这事自己也不好出面干涉，就打电话委婉地让哥哥把嫂嫂叫去一起打工。父母亲原以为只要哥哥嫂嫂在一起，那些有辱门楣的事情就不会再发生，哪知道嫂嫂的心已经野了，同时也觉得父母亲发现了她的外遇，在家里抬不起头，就在打工期间再次和一个小包工头纠缠在一起。哥哥发现后劝她，嫂嫂反而变本加厉和那个小包工头私奔了。哥哥多处寻找不见，时间不长，却接到了法院的传票，嫂嫂决然提出了离婚。法院现在已经判决，两个孩子每人一个。哥哥不愿意叫嫂嫂带走自己的孩子，正从打工的地方往回赶。父母亲怎么也没有想到事情会变得这样，后悔不该让嫂子去外面打工。心里着急不知道该怎么办，就赶紧叫秦羽菲回来商量。

秦羽菲一时也懵了，怎么会发生这样的事情呢？哥哥非常疼爱她，小时候有一次她在水边玩，不小心滑进深水里，是哥哥扑进水里费了好大的力气才把她救出来的，没有哥哥也就没有今天的自己。这么多年，她对哥哥都是心存感激的。可是不曾料到，一向老实巴交的哥哥身上会发生这样的事情。静下心想想，她明白，法院都已经判决了，事情已经没有挽回的余地了。嫂嫂也真是狠心，怎么就能把这个家庭不当一回事，说离婚就离婚呢？看来她真的铁了心了。女人心，海底针，秦羽菲自己是女人，怎么能不知道女人呢？特别这个嫂子，她很了解，就是个很有心机的人，爱慕虚荣又好吃懒做，哥哥性子直，根本不是她的对手。事到如今，秦羽菲只有劝慰父母亲不要难过，带好孩子不要让嫂子抢走。

父亲抽着烟，坐在门口的小木凳上，叹着气说："村子里出这样事情的人家不在少数，丢脸也就不说了。只可怜你哥哥，两个孩子都小，以后怎么办呢？"

秦羽菲只能好言安慰父母亲："爸妈你们就不要担心了，哥哥为人忠厚，吃苦耐劳，好人总会有好报，离婚也没有什么大不了的事情，一定还可以娶到媳妇的！只要把孩子带好，让他们都长大成人就行了！"

在秦羽菲的宽慰下，父母亲的情绪好了些。她知道，哥哥为人懦弱，加之学习不好，早早就辍学外出打工，家里的事情照顾不上，而自己总算上了学，在很多事情上就是年迈的父母亲的主心骨，只要是她说的，父母亲都相信。她的眼睛有些发潮，这都是父母亲老了的原因啊，要不然，见多识广的父亲不至于这样的无助！

和父母亲说了一会话，很快到了下午，小侄女放学回来了，亲热地拉着姑姑说这说那。秦羽菲看着两个孩子，心底飕飕发凉。尽管她那么宽慰父母，自己也知道，事情远比想象的艰难。晚上和父母亲睡在一起，秦羽菲听着父母亲辗转反侧不能入睡。她知道，哥哥嫂嫂的悲剧，这些年在外出打工的人身上不断地上演。社会发展了，农民待在家里没有收入，外出打工，却引起一系列的社会问题：留守儿童没有父母照管不能健康成长，留守妇女难耐寂寞导致家庭分崩离析，更多的人外出打工不再回来，留在家里的老人操劳不动，有些去世很久了别人还不知道，曾经繁荣兴旺的农村已经不可避免地凋敝了。

农村的凋敝，这个命题太大了，秦羽菲暗自摇头，这是她无能为力的事情。只是叫她更加不开心的是，由哥哥嫂嫂的事情，她想到自己这段时间和周一斌相处也不愉快，不知道该怎么向他解释，他才会相信自己。年岁渐长，烦心的事情真是越来越多了啊！这事不敢告诉父母亲，哥哥出了这样的事情，他们已经够伤心了，再不能让他们替她担心了。听着外面断断续续的狗吠，小时候幸福生活的点点滴滴浮上心头，她泪眼模糊成一片。

回市里去上班的早上又是阴雨绵绵，秦羽菲的心情就像这天气，阴郁得化不开，做什么都是一副没精打采的样子。在给一位患者换药的时候，手机哎地响了一下收到一条短信，打开看，是高彦华发的：我都知道了。是不是很委屈？想过找我帮忙吗？秦羽菲十分不痛快，我找你是天经地义的事情，好像还是沾你光似的。她给高彦华回复：想过找你！你是院长，找你解决不公正的事情天经地义，不是请你帮忙！

短信发出去了，秦羽菲也不再去注意了。高彦华很快回过来：当然。再坚持几天，等我回来，一切都会改观的！

秦羽菲心里冷笑：赵大生这些年这么胡作非为，你都没有办法，而你又怕他以你的把柄要挟，如何改观？要改观早就改观了，何必等到这会儿？她回复：谢谢！不必费心了，知道你也解决不了，不要因为我，你再出什么事情，得不偿失！她恨极了赵大生，对高彦华的软弱无能也不禁带上很大的情绪。

高彦华似乎正忙着，等了一会儿，短信也没有来。秦羽菲本来没有盼着他再回信，可是他真不回短信，不禁有些失望，看起来高彦华只不过是个说空话的人。在她烦躁不安中又过了一会儿，高彦华的短信回过来了，只有三个字：相信我！秦羽菲暗自冷笑，你这么害怕赵大生，我怎么相信你？我为什么要相信你？她就不再理他。

事情就是如此凑巧，就在秦羽菲苦无出路的时候，一件偶然的事情又把她从尴尬处境中解救出来了。这件事情就是：戴志国又住院了，而他点名要找秦羽菲专护。当秦羽菲接到内三科护士长黄晶晶电话的时候，她正在给一个马上要生产的孕妇准备剖宫产手术。黄晶晶说："羽菲，赶快把手头的事情交代一下，马上回咱们科来！"

秦羽菲闷闷地说："回去？赵副院长同意吗？可别让他再把我发配到十八层地狱啊！"

黄晶晶说："同意了，他不得不同意！"

秦羽菲就奇怪了："怎么回事？"

黄晶晶神秘地说："因为我们科室里来了一位重要的病人，点名要你护理，你想他赵大生能不同意吗？他敢不同意吗？"

秦羽菲好奇地问："什么重要的病人，非要我护理？"

黄晶晶更加神秘了："别猜了，马上回来你就知道了！"

秦羽菲满怀疑惑地把手头的工作交代一下，妇产科护士长显然已经接到赵大生的电话了，也没有怎么为难她。等她赶到内三科的时候，周小慧急忙把她领到内科老干部病房，黄晶晶说的那位重要病人正在发火："怎么啦？小秦没有上班吗？还是她架子太大，不愿意为我服务？"

秦羽菲一进来，马上看到副院长赵大生跑前跑后地正伺候在病房里，而这位重要病人，正是市委副书记戴志国。怪不得赵大生这么痛快就答应她暂时又回内科了，管干部的市委副书记，他赵大生巴结都来不及呢！

戴志国笑眯眯地看着秦羽菲说："小秦啊，看起来你为我服务很不情愿啊！"

秦羽菲淡淡地说："没有啊，在我眼里，来医院的都是病人，没有什么情愿不情愿的！您想多了！"

戴志国说："既然这样，为什么这么大一会儿时间才来呢？"

秦羽菲没好气地说："戴书记，我现在在妇产科工作，要回到内三科来，可不得先把那边的工作交代一下？"

戴志国"哦"了一声，不再说话。秦羽菲手脚利落地赶紧给戴志国收拾输液，看这些药品，她知道戴志国这次是因为心脏病住院。戴志国看看什么都收拾好了，就让其他人都回去，只留下他的秘书小王和秦羽菲陪着。秦羽菲十二万分不情愿，但是，比起在妇产科干那些又脏又累的活儿，给戴志国输液当然轻松多了，她就安心地留下，躲得一时是一时。

病房里只有三个人了，戴志国望着秦羽菲说："你怎么跑到妇产科了？内科不是挺好的吗？我听说，妇产科又脏又累，大家都不愿意去呢！"

秦羽菲为这事烦透了，不想提及，生硬地说："这都是拜你们这些领导所赐啊！我一个小小的护士，能怎么样？"

戴志国看她话里有话，来了兴趣，又问："怎么回事？说来听听！"

秦羽菲气更多了，说："因为我太贱了啊！"

戴志国看秦羽菲气鼓鼓的样子，不觉笑了："继续！"

秦羽菲说："很好笑吗？因为我太贱，才不识抬举。有人想让我当护士长，可是我没有答应，所以我就被打击报复啊！"

戴志国皱了皱眉，又大笑起来："哈哈哈，我知道了！这个赵大生，这么多年了，还是这么凌乱啊！"他望着秦羽菲说，"当护士长，这可是好事啊，你怎么不愿意呢？"

秦羽菲盯着戴志国的眼睛："您觉得我为什么不愿意呢？换了您是我，您愿意吗？"

戴志国做出一副佩服的样子，说："嗯，看不出来，你还挺有气节的嘛！"

秦羽菲看他这副表情，估计赵大生给人许诺当护士长的内幕他是早就知道的。她想：作为管干部的市委副书记，你怎么就不管管赵大生这样的人渣呢？她恼怒地望着戴志国："怎么，您以为我真的很贱吗？"

戴志国调皮地吐了吐舌头："没有没有，我可不敢这么想！"

秦羽菲想起这些天受的委屈和周一斌的冷漠，心里难过，不觉得眼泪都流下来了。戴志国示意秘书小王，给她递过纸巾。她接在手里，擦着眼泪，更加伤心了。

戴志国说："别呀，这么点小事情，至于这样伤心吗？你放心好了，我马上给赵大生说一声，让你重新回内科来就是了。你别哭了，我最见不得女人的眼泪！"

戴志国马上给赵大生打电话："老赵啊，你小子，可不地道啊！我在内科住院，就只碰到一个使唤起来顺手的护士，你可倒好，把她给调到妇产科去了！你总不会要我老戴去妇产科输液吧？"

秦羽菲不知道那边赵大生怎么说的，但是看戴志国那意思，应该是赵大生给戴志国道着对不起，推说自己不知道，既然这样就让秦羽菲再回内科，给戴书记服务。戴志国打着哈哈，说："老赵啊，你小子！你那点花花肠子，咱老戴可都知道！你就小心着吧，说不定哪一天就真当了院长，要是医院的护士长都是你的关系户，你还好意思在这里混下去吗？她们还不把你的脚缠碎了？"

秦羽菲真是佩服这些人，本来她觉得这是很难办的一件事情，戴志国可能要一本正经地跟赵大生说，哪知道他只是在玩笑调侃中就完成了。

在妇产科遭受了难言待遇的秦羽菲，终于在这个下午再次回到了内三科，她从内心深处长长地舒了一口气。不管怎么回来，毕竟是回来了。虽然对戴志国这个人依然很讨厌，对他的主动帮忙并不领情，但她的心情到底是十分愉快的，潜意识里，甚至有一种击败了赵大生的喜悦。

戴志国这次住院不像前次那么消停，手机一直在不断地响着，有时候他会让秘书小王接听，但更多时候是他自己直接接听。秦羽菲好几次听到他在电话里处理公务，表现得非常果断干练，丝毫不曾拖泥带水。她想，这的确是个有能力也有魄力的人，如果他为人再能正直高洁一些该有多好，偏偏为什么要这么油滑好色呢？她忍不住叹气摇摇头。

隔了一天，赵大生给秦羽菲打来电话，她不想接，但是又怕他要说工作上的事情，犹豫再三，只好接了电话。赵大生不无嫉妒阴阳怪气地说："行啊，攀上高枝了！我当只有高彦华一个人，原来还有市委副书记呢，怪不得不把我放在眼里了！"

秦羽菲什么话都没有说，静静地听着，等他说完了，就挂了电话。这一刻，秦羽菲不觉得也有些得意，赵大生再怎么一手遮天，毕竟还有管着他的人，官大一级压死人，这不，他被戴志国收拾得服服帖帖的，人啊，为什么要这样呢？

一周后，戴志国出院的时候，叮嘱秦羽菲："小秦，以后这姓赵的再敢欺负你，你就对我说！别的我帮不了你，帮你对付他，还是绰绰有余的嘛！"

秦羽菲内心对戴志国没有什么好感，可是毕竟人家这次帮了自己，就做出一副衷心感谢的样子，说："谢谢戴书记，有您这次帮忙，我想他以后会收敛的！"想了想，终于忍不住又说，"戴书记，要我说，组织真不该把这样的人放在这个位置上的！"

戴志国当然明白秦羽菲说的"组织"其实就是说他呢，意味深长地笑了笑，摇摇头说："那姓赵的可不是一般人，所以才会这样飞扬跋扈不把高彦华放在眼里。要不是我分管干部，他不一定会买账的！江湖险恶，很多事情很难预料的！你既然不愿意和他靠近，那就注意和他保持距离，这个人胆大心黑，什么事情都干得出来！"

戴志国这样语重心长，秦羽菲倒没有想到，她一直以为戴志国也像赵大生一样贪财好色，为人不堪呢。她就再三感谢戴志国帮忙，这一次，她的感谢是发自内心的，十分由衷的。

戴志国笑眯眯地说："我知道，在你的眼里，我就是个老于世故、表里不一甚至还是个贪财好色的官僚。你就是没有把我当朋友看，我可是把你当朋友看的。以后有什么事情就说一声，不管是你自己的，还是周一斌的，我能帮忙的，一定会尽心竭力的！"

秦羽菲红了脸，戴志国仿佛就看到她心里去了。她赶忙笑了："没有啊，我可不敢把您当朋友看，您是领导，我要是这样看您，那可是以下犯上，大不敬啊！"看着戴志国走出去的背影，秦羽菲暗暗松了口气，虽然和周一斌的别扭还没有过去，但是终于可以不受妇产科护士长的气，也不用再护理戴志国这个讨厌的人了。

这些天周一斌依然没有回来，她一直是一个人，不想好好做饭，要么胡乱凑合，要么随便在外面吃点什么。今天下午，她想好好做一顿饭，不管怎么样，日子还是要过的，再这样下去，身体会吃不消的。下班顺路买了很多菜，回到家做起饭来。周一斌这家伙，不回来就不回来，总有他回来的时候。男人有时候比女人更加孩子气，赌气过去了就好了，秦羽菲一边做饭一边这么想。

这时候手机响了，秦羽菲暗喜：莫不是周一斌的电话？快步过来，拿起手机一看，不由得有些失望，哪里是周一斌，是建设局局长王曼丽。不知道为什么，秦羽菲对王曼丽总是有一种莫名的亲切，和周一斌闹了别扭，她也想过找找王曼丽，让她从中调解一下。后来又想，男人都是好面子的，说不定周一斌又会怪他，所以就犹豫了。王曼丽这会儿却意外地打来电话，秦羽菲预感她要说的肯定是关于自己和周一斌闹矛盾的事情。

秦羽菲接了电话，赶忙亲热地打招呼："王局长，您好！"

王曼丽也格外亲切，笑呵呵地说："菲儿妹妹，我都知道了！周一斌这小子不是东西，怎么能听信别人的谣言呢？我已经狠狠骂过他，他认识到自己的错误了！"

秦羽菲这些天受的委屈没有地方发泄，王曼丽这么一说，她再也克制不住，哽咽着说："王局长，周一斌，他一点儿也不理解人家！他就不是人……"

王曼丽安慰着："好了，好妹妹，别哭了，王姐知道你受委屈了！我已经命令他今晚早点回来陪你，要好好给你道歉！到时候，你不管怎么惩罚他，他都会无条件接受！"

秦羽菲哭得更厉害了："王局长，我哪里想惩罚他，只要他不听信谣言，我就谢天谢地了！"

王曼丽说："那不行，你必须惩罚他，要不然，这小子不长记性，只会变本加厉欺负你！当然啦，那些灌辣椒水、上老虎凳什么的酷刑，就不必了。多要几次，看他以后还有劲儿和你闹吗？"

秦羽菲脸红了，扑哧一笑："王局长，您可真会开玩笑！"

王曼丽一本正经地说："没有开玩笑，要是换了姐，一定要这样，看他神气什么！"

两人开了一阵玩笑，秦羽菲心情好了很多，只等着周一斌回来道歉。她知道，王曼丽的话他会无条件服从的，这家伙，官瘾重着呢，别人的话可以不听，顶头上司的话却会言听计从，且看周一斌回来怎么道歉。

果然，不久周一斌就回来了。一进门，看到秦羽菲在吃饭，就嬉皮笑脸地过来问："老婆，做了什么好吃的？也不打个电话叫我回来陪你一起吃？"

秦羽菲板着脸，只顾吃饭不接他的茬儿。

周一斌俯身趴在秦羽菲肩上，涎着脸说："娘子大人别生气了，小生知错了！"他滑稽的样子惹得她怎么也装不下去了，"扑哧"一声，笑了出来。

周一斌说："嗯，老婆笑了，就是原谅我了！"

秦羽菲骂道："别嬉皮笑脸的，谁原谅你了？"

周一斌嘿嘿笑着："我就知道，我老婆通情达理，胸怀广阔，哪像我小肚鸡肠、斤斤计较！"

秦羽菲说："你还知道自己小肚鸡肠？"

周一斌说："当然知道，我更知道我老婆胸怀广阔！"他故意把"胸怀广阔"四个字咬得重重的，双手已经在她胸前抚摸起来："果然是如此广阔啊！"

秦羽菲打了一下他的手："贫嘴！"

周一斌一把抱住她，说："我不光凭嘴，还会有行动的！"

闹了一会儿，周一斌喜滋滋地说："老婆，告诉你一个好消息，我最近考试过关了，马上就可以拿到驾照了。我想给咱们买一辆私家车，等你有空的时候，我就带着你去兜风！你说怎么样？"

秦羽菲不觉得也怦然心动，嘴上却故意装着不屑地说："我才不稀罕什么兜风呢！只要你天天回来陪着我一起吃饭，我就心满意足了！"

周一斌就又油滑起来说："好好好，我天天回来，不光陪着你吃饭，还要陪着你睡觉，不光陪着你睡觉，还要陪着你甜蜜！"

秦羽菲取笑他："你呀，也就这么点出息，不想着好好干工作，光想着干这事！"

周一斌正色说："我怎么没有出息啦？一个真正的男人，就是不光要好好干事业，也要好好干这事！"

晚上，周一斌破天荒地和秦羽菲过得很甜蜜，在她攀上巅峰之际，周一斌也来了，就像很早以前没有发生这一系列问题那样，他忍不住就像周杰伦在使用双截棍一样，发出吼吼哈嘿的咆哮。秦羽菲紧皱多日的眉头终于舒展开来，内忧外患居然在一瞬间就这么解决了，压得她喘不过气来的冰山终于融化，幸福日子再次回归了。

第八章 Chapter 8

人这一生，总是在自觉不自觉地追求圆满。初始的激情会随着岁月的风蚀而消逝殆尽，尽管活着是件很美好的事情，但是世事沧桑带来的失落和痛苦也如影随形。在某个阶段，人总觉得生活很不如意。但是又有谁能明白，今天的不圆满，其实正是在向明天的圆满过渡呢？

周小慧有十几天没有上班了，秦羽菲很奇怪。这天下午，她终于来单位了，样子看起来虽然有些憔悴，但是人却显得格外兴高采烈。秦羽菲一问，才知道这几天她是照顾卢伟光去了。看着她按捺不住的喜悦，秦羽菲玩笑说："原来七仙女是下凡看董郎去了啊！"

周小慧红了脸，说："你不知道，卢伟光他出事了！"

秦羽菲问："到底怎么啦？"

最近，在省城另一家眼科医院工作的卢伟光的大学同宿舍的老三——当年在护理系技术比武大赛时候恶作剧报了卢伟光名的宁玉春，应邀来市医院做眼科手术。毕业几年，再未谋面，这次相见，卢伟光和宁玉春都高兴坏了。卢伟光约了同在市里的几个同学陪宁玉春吃饭，宁玉春告诉大家一个叫人震惊的消息：在省人民医院工作的同学陈伊璇死了！陈伊璇丈夫道貌岸然，在某大公司当财务副总监，实则是个浪荡子，时间一长，丑恶面目便暴露出来，他身边的女人走马灯般地换着。陈伊璇起初还抱有幻想，希望他能看在儿子的分儿上改邪归正，对他的所作所为一再隐忍。但是事情并不像她想象的那样，有一个晚上陈伊璇发现在自己的床上，丈夫和一个妖艳的女人睡在一起，慢慢地她的精神就恍惚起来，终于在去年冬天的一个清晨，有人在护城河里发现了面目全非的陈伊璇的尸体。突然从宁玉春那里知道陈伊璇的死讯，对卢伟光的打击可想而知，周小慧找到卢伟光的时候，他发着高烧，人已经昏迷不醒了。接下来的5天时间里，周小慧日日夜夜在卢伟光的床边照顾着他。卢伟光好了，周小慧却病倒了，休息了几天，她才来上班。

周小慧说的这件事情，太让秦羽菲震惊了，在省人民医院培训的时候，她曾经得到陈伊璇的很多照顾，培训结束的时候，她还曾专门设饭局为她送别。她想起当时曾无意发现陈伊璇难掩的忧伤，猜度她可能生活不如意，现在看来果然是真的呀。她明白，这件事对卢伟光的打击是巨大的，但愿他能早日走出来。想着苦命的陈伊璇，秦羽菲的心情沉沉的，暂时忘记了自己的不愉快。

　　高彦华没有食言，就在他回到医院不久，一场轰轰烈烈的护士长公开竞选工作，果然让秦羽菲感受到了改观，而且是相当大的改观。医院这次决定公开选拔五名护士长，包括内三科护士长岗位在内。公开选拔的文件下发之后，医院召开了动员部署会议，高彦华亲自讲话，阐述这次公开选拔护士长的重大意义，对方法步骤进行了详细的安排，动员凡是符合条件的人员报名。

　　高彦华在讲话中强调说："为了进一步优化人才队伍结构，建立富有生机与活力的用人机制，医院党委研究决定，在全院范围内面向全体在编护士、合同护士公开选拔护士长，目的就是为了让更多有能力、有热情、热爱护理事业的优秀人才脱颖而出，进入医院护理管理队伍中来。总的原则就是'给会干事的人一个机会，给能干事的人一个平台，给想干事的人一个激励'。"

　　公开选拔护士长成了这段时间大家都关心和议论的一个主要话题，而对之反应最热烈的，当属内三科了。内三科的姐妹都在猜测，谁会成为科室新的护士长，原来的护士长黄晶晶不当内三科护士长了又会去干吗？秦羽菲她们问黄晶晶，黄晶晶也是一片茫然，不知道医院到底是怎么安排的。她其实一点儿内情也不知道，还在担心，医院会不会是不让她当护士长了？按照医院的部署，黄晶晶主持召开了科室护士会议，传达了医院公开选拔护士长工作会议精神，按照医院的要求，安排内三科符合条件的三名护士，全部报名。秦羽菲、江小曼和另一名护士，在黄晶晶的要求下，都报了名。

　　秦羽菲想起当护士长的事情就直犯堵，猜测这是不是赵大生又要操纵高彦华安排自己的人？上次戴志国说，赵大生是个难以对付的狠角色，那么高彦华的软弱也是可以理解的，人谁不是这样苟且着、妥协着，求得面子上的和谐呢？她不想报名，可是黄晶晶说了，医院坚决不允许有符合条件而不报名者，只好勉强报了名，竞聘内三科护士长。她对这事根本就没有上心，只想着参与一下，捧捧场算了。

自从上次发生了那件事情之后，江小曼像换了个人一样，再也不见她夸耀老公了。秦羽菲听说，江小曼老公后来在单位一个头头的协调下，给那名女下属的老公赔偿了5万元，才算把事情私了了，而她老公从此在同事之间也灰头土脸起来，一路飙升的好势头就此不再。江小曼人财两失，在家人和朋友跟前大失面子，心情可想而知。江小曼也算坚强，表面上强装没有事情，大家倒不好说什么了。她也报了名，看起来踌躇满志，似乎志在必得。秦羽菲明白，彼处失去的，她想在此处得到补偿，她也真够不容易的。

这次活动的效率格外高，动员部署过了5天之后，很快就举行了笔试。短短5天时间，便收到80多份自荐报名表。经过资格审查和理论考试的筛选，38名业务骨干进入面试阶段。秦羽菲抱着敷衍了事的态度，却没有想到，成绩公布了，她的理论考试成绩名列第二，没有悬念地进入面试，而江小曼的成绩没能进入面试。以江小曼的能力，绝不会如此不堪，想来还是不久前那件事情给她的打击太大所致吧？秦羽菲内心十分感慨。不过，笔试倒是给了秦羽菲很大的信心，看起来，这次公开选拔护士长不一定就是原来想象的是赵大生在做手脚，至少笔试还是公正的。于是，秦羽菲精心做了一番准备，要在面试这个环节上取得好成绩。

　　面试这天，秦羽菲发挥得很好。当主持人宣布她接受面试的时候，她满怀自信地走上台，开始了自己的竞选演讲："我毕业于省医学院护理专业，今天能站在这里，感到万分荣幸！在生活中我是个活泼开朗、热情大方、乐观上进、独立自主、自信豁达的人。参加工作的 10 年来，我一直辛勤工作在临床护理第一线，深知广大患者的疾苦和需求，深切体会到护理工作的烦琐及责任重大，也感受到了垂危的生命从死亡线被抢救过来的喜悦。我年富力强、技术精湛、服务态度热情周到，倡导人性化护理的服务理念，特别在心理护理和健康宣教方面，有着较为丰富的临床经验……"

　　评委席上，高彦华和其他 10 位评委凝神细听，从他们不断点头中，可以看出秦羽菲的演讲十分精彩到位。

　　"我个性开朗，热情耐心，协作能力较强，有良好的人际关系及语言交流和沟通能力，易于开展病房的管理工作，符合时代对管理人才的要求。虽然我工作经验仍有欠缺，但是在未来的工作中，我将以充沛的精力、刻苦钻研的精神投入护理工作，不断提高自身的工作能力与综合素质，与医院共同进步。如果这次竞聘成功，我一定会在院、科领导带领下，与全科护理姐妹一道勤奋工作，使科室的护理质量再上新台阶，大家就看我的行动吧！"

　　秦羽菲的面试格外成功，在所有人员中，成绩排在了第一名。很快，民主测评、组织考核等程序都结束了，秦羽菲综合成绩第一名，可以说，内三科护士长已经收入囊中。公示一周期满后，文件很快就下来了，秦羽菲被任命为内三科护士长，而原来的护士长黄晶晶被调任为总护士长。

努力没有白费，终于当了护士长，秦羽菲心中激动。黄晶晶更加高兴，她没有想到，自己居然升职了，早先还一直担心护士长再也当不了呢。师出同门，技术和资历都差不多，可是似乎命运特别眷顾秦羽菲，好事都让她占尽了，江小曼的失意可想而知。她默默地注视着兴高采烈的黄晶晶和秦羽菲，一句话也不说，仿佛超脱于世外了。

在秦羽菲她们真枪实弹去争夺护士长岗位的时候，卢伟光一直不在单位，等护士长竞争上岗的事情尘埃落定他才回来，那张王杰般忧郁的脸看上去更加哀伤了。秦羽菲后来才知道，他唯一的亲人爷爷去世了，他回去奔丧了。他自小父母遭遇车祸双双早亡，由爷爷奶奶带着。上中学的时候，奶奶去世，只剩下他和爷爷相依为命，两周之前，爷爷又在老家去世，现在这个世界只有他孤零零一个了。她对卢伟光如此凄凉的遭际暗自同情，却又不敢表示什么，他对自己怀着莫名其妙的情感呢。

在她拟任内三科护士长职务公示期间，同事们都纷纷向她祝贺，唯独卢伟光冷眼旁观，仿佛对此不屑一顾。别人不清楚，秦羽菲明白他的心思，大约他还想着去广州的事情呢。她其实一直在有意地躲避他，他不来祝贺，她求之不得。

卢伟光终于还是挑了一个旁边没人的机会向秦羽菲表示了由衷的祝贺。秦羽菲不敢和他细说，敷衍着他的祝贺。没想到卢伟光又说，尽管当了护士长是好事，但他依然想请她一起去广州。秦羽菲骇然望着他，看来他真是铁了心在向她大胆表白。他这到底是怎么啦？她惶惑不已，匆匆逃开。

文件下发的当天，高彦华给秦羽菲发来一条短信：祝贺！热烈祝贺！

秦羽菲按捺不住心头的激动：高彦华说过，他回来之后，情况会有大的改观，这分明是对后来公开选拔护士长的一种暗示。会不会高彦华在自己任职的事情上做过手脚呢，她说不准。但是她对自己是自信的，在竞争中一路过关斩将，自己凭的是实力，绝不是什么人的关照！她不想提上次他们短信里曾经说过的话，只是给高彦华回了一条很简单的短信：谢谢！

高彦华是聪明人，对上次的事情也绝口不提，只是说：明晚请你吃饭，给你祝贺！望江楼888包间！我们两个！不见不散！

秦羽菲心怦怦地直跳，很快回答他：谢谢！吃饭不妥！她对高彦华的细心周到十分佩服，说明是两个人，没有别人会看见，不会有什么问题。而且，他没有今晚就约她，一定是知道，她要和老公周一斌一起庆祝的。

高彦华很快回过来：别担心什么！不会有什么问题！

秦羽菲再也不好意思拒绝，就回道：到时候再说！

秦羽菲本想晚上回去给周一斌一个惊喜，却没有想到周一斌先打来电话："老婆，祝贺你啊，当官了！"

这家伙消息这么灵通！秦羽菲说："光嘴上祝贺吗？来点实质的啊！"

周一斌说："没有问题，下午我先请你吃饭，完了回去再请你甜蜜!"说着话，在那头放肆地笑起来。

秦羽菲骂道："我才不呢！晚上我要你请我唱歌去！"

自从上次到 KTV 唱歌之后，秦羽菲后来又去过几次，渐渐迷上了唱歌。她觉得，什么喜怒哀乐，都不如沉醉在音乐中，就像陈慧琳那首歌唱的：恋爱和聊天都不如跳舞，用这个方式相处，没有人觉得孤独，也没有包袱。

周一斌说："没问题！"

秦羽菲说："那可说好了，我叫几个姐妹一起！"

第二天秦羽菲一整天都在想着高彦华的邀请，拿不定主意到底去不去。下午下班前，正在纠结的时候，正好周一斌打电话说吃饭不回来，要她自便。秦羽菲正不知道如果答应高彦华她和周一斌怎么说，这下好了，他不回来，问题迎刃而解。秦羽菲问自己，莫非是天意？下班了，秦羽菲本想打电话给高彦华说不来了，还没有拿出手机，高彦华短信来了：我已到！秦羽菲心说：糟糕！还没有给他打电话，他居然已经到了。再也没有办法拒绝了，秦羽菲只好去赴这场她并不愿意去的邀约。

望江楼大酒店是市里最豪华的酒店之一，在城市的西面，和市医院隔了两条街，走起来很有一段距离。吃饭的地方选在这里，秦羽菲知道高彦华的用意，就是想僻静一些。算上省城那一次，这是第二次单独和高彦华吃饭，秦羽菲觉得有些不妥，但是到底什么地方不对，却说不出来。她在内心安慰自己，我们只是领导和下属吃个饭，没有其他意思，算不得什么问题。再说，这次院长祝贺自己升职，实在不好拒绝，毕竟在人家手下工作呢。她想，真的只此一次了，绝对不会再有下次。这么想着，打了一辆出租车，秦羽菲来到了望江楼大酒店。

望江楼其实望到的不是大江，只是一条还算水流湍急的河，此刻两岸鲜花盛开，望江楼就在绿树和鲜花的掩映之中。在这样的环境中吃饭，真的叫人心旷神怡，高彦华挺会选地方的。秦羽菲下了车，左右望了望，没有发现熟人，定了定神，走了上来。服务小姐礼貌地询问清楚之后，带着她来到了高彦华定好的包间。服务小姐敲了敲门，随后打开，请秦羽菲进去后马上带上门。

888包间是一个小包间，但是装修得十分豪华，富丽堂皇之中不乏温馨和浪漫。秦羽菲才进门，高彦华早已站起来相迎，打着招呼，十分绅士地接过秦羽菲的手包放在柜子上，又快步过来给她拉好椅子请她入座。秦羽菲觉得，这个男人真的不错，儒雅、睿智，风度翩翩而又细心周到。这么想着，又惶惑起来，不知道自己到底该不该来吃这顿饭？

屋顶的音响里正在播放一曲清丽婉约的古筝乐曲，叮叮咚咚婉转低回，天籁一般的绝妙之音漫卷漫舒，营造出一种空灵悠远的意境。桌子上早已放好了几样别致的菜肴，一瓶启开的张裕解百纳，两只高脚杯。高彦华坐到对面，向秦羽菲举杯，微笑说："祝贺！"

在这样远离尘俗和嘈杂的意境里，任谁的心都难免变得柔和飘逸。秦羽菲感受着这浪漫的情调，人完全放松下来，既来之，则安之，她不再去想到底该不该来，镇定心神，专注面对起来。举起杯和高彦华碰了，她含笑说："谢谢院长！"

高彦华摇摇头，说："不，该说谢谢的是我！"

秦羽菲笑了，歪着头问："我就搞不明白了，为什么该你说谢谢？"

高彦华喝了一口酒，说："你的正直，给了我力量！也许你没有发现吧，在你的身上，有一种别人所不具备的昂扬向上和向善的精神！这种精神，会让懦弱的人变得坚强，阴郁的人变得阳光！"

高彦华越这么说秦羽菲越不解他的意思，问："此话怎讲？"

高彦华真诚地说："你还记得我第一次问你愿不愿意当护士长吗？那时候，我已经知道了赵副院长对你的心思！我就想看看你的表现，要知道，在过去，有几个人也遇到了和你一样的事情，开始的时候还有些矜持，后来就主动送上门去了！"

秦羽菲摇摇头，说："我绝不是那样的人！"

高彦华点点头，说："所以，你在省城培训的时候，我单独请你吃饭，是对你的勇气的佩服！我自己就没有这种勇气！在许多事情上，我顾虑重重，所以对赵副院长的提议往往妥协退让，才让他这样肆无忌惮，把我当成了傀儡！"

秦羽菲说："这个我有耳闻，不过也表示理解，你有你的难处，况且，我听说赵大生也是个不容易对付的人！"

高彦华夹了一口菜，说："不错，就因为我顾忌赵大生的势力，才对他一再忍让！我在北京参加会议的时候，听说你被抽调到妇产科，就知道是赵大生在打击报复！说真的，我很担心你坚持不住，最终让他达到目的！当我知道你虽然遭到赵大生假护士长之手的种种欺凌，但最终没有屈服，我倍感欣慰，而我自己，忽然也勇气倍增！因而，我决定，在医院搞一次护士长公开选拔活动，扭转由赵大生掌控中层干部任用的局面，现在你当上了护士长，他就再也不能拿当护士长给你许诺什么了！"

秦羽菲这才明白为什么医院会突然搞一次护士长公开选拔，原来高彦华的用意在此。对此，赵大生当然不会毫无表示，特别是这次公开选拔挤掉了妇产科那个护士长，赵大生一定会强烈反对。可以想象，高彦华承受了很大的压力。她有些替他担心，说："你就不顾忌赵大生背后的势力了吗？"

高彦华说："不顾忌了，一旦开始，我就不再顾忌任何人！我要以你为榜样，敢于担当，不会再怕赵大生了。如果我再忍让下去，我当傀儡不要紧，医院不知道要被他带成什么样了！这一次调整护士长，只是一次小动作，真正的困难在下一次药品招标采购上！"

秦羽菲说："他会弄手脚吗？"

高彦华说："随着医药卫生体制改革的深入，我们医院很快也要实行药品零差率销售，往后我们采购药品直接在省级药品采购平台进行。医院自主招标采购药品，这一次是最后一次了。赵大生主管药品采购多年，有一批销售商和他关系密切，这是最后一次招标，就是最后一次的利益交易，他一定不会白白放弃的！我猜想，他会在背后运作的！"

秦羽菲点点头，说："我明白了！你要小心应对！"

高彦华说："我会的！我知道，这次自己祭起的是达摩克利斯之剑，必然要小心谨慎！你也放心，我最近做了很多工作，以前老赵抓到的我的那些把柄，现在已经不成其为把柄了！"他注视着秦羽菲说，"我相信，一旦我取得成功，你一定会在心中为我喝彩！"

在市人民医院上班以来，秦羽菲的作息时间都特别有规律，不管春夏秋冬，都在 6 点 30 分起床，梳洗打扮、打扫卫生，7 点开始做早餐，7 点 10 分吃早餐，7 点半出门上班，在 7 点 45 分，准时到达科室，既不是太早，也不是太晚，就像她低调的人生状态一样，永远中庸平和。做了护士长，秦羽菲对这份工作时间表也做了个微调：7 点开始吃早餐，7 点 15 分出门上班，在 7 点半的时候，准时到达科室。这天早上，秦羽菲和往常一样，在 7 点半的时候走进了科室。

病区静悄悄的，没有几个人走动。放下手包，秦羽菲开始换工作服。无意中，看到来得早的几个护士都不像往常一样做上班的准备，而是挤在一起窃窃私语，有一个还向她偷偷打量，似乎在幸灾乐祸。秦羽菲心头疑云顿起：这是怎么了？自己没有什么值得她们议论的事情啊！她心中不快，就直视着她们几个，眼睛里有疑问，也有嗔怒。那几个护士都一哄而散，但是散的时候，却都像是约好了的一样，目光闪烁不定地向她望了又望。秦羽菲恼怒异常，这个天气清爽的早晨给她带来的良好心情就这样被破坏掉了。秦羽菲的恼怒在表面上并没有丝毫显露，而是像往常一样平静地开始了早会交班。

科室里上早班的护士这时候都到了，在匆匆忙忙中，秦羽菲又注意到，所有人似乎都奇怪地在侧目打量着她，像要从她脸上或者眼里发现什么重要的秘密一样。敏感的秦羽菲甚至觉察到，有几个人，眼里还莫名其妙地带着一种同情。秦羽菲这下真的再也不能镇定下去了。她放下手中的工作，径直去到一个正在偷偷打量她的护士面前，声色俱厉地问："议论够了没有了？我是不是头上长出犄角了？"

这个护士面色涨红，嗫嚅着说不出话。江小曼及时出现在她们面前，一拉秦羽菲，说："护士长，跟我来一下！"她把秦羽菲拉到了护士休息室，双手在她肩上按着叫她坐在椅子上。秦羽菲的脸色十分难看，长长地出着气，怎么也想不明白，那几个气人的小护士到底在嚼什么舌头？

江小曼说："你别生气！有一个消息，别人可能都在昨天晚上知道了，而你一定还蒙在鼓里！"

江小曼这么说，秦羽菲的心不由得咚咚跳了起来，预感到有什么不好的事情发生了，而且，这件事情一定与自己关系很大。但是到底是什么事情呢？她狐疑地望着江小曼，急切地问："到底怎么啦？我是怎么啦？"

江小曼却不急着说发生什么事情了，只是一味安慰她："大家的态度不要管，你自己身正不要怕影子斜！这个事情与你根本就没有关系的！只不过是她们在嚼舌头而已！"

江小曼越是这么说，秦羽菲越是沉不住气了，猛地站起来，说："小曼，到底怎么啦？啊？"

江小曼叹口气说："我也是今早才听到的这个事情，你和咱们院长高彦华一起吃饭的事情，被人别有用心地发在了微博上了，而且还附有照片！"

秦羽菲乍一听，"啊"了一声，脑子就有些短路，几乎晕过去了。好不容易她才镇定下来，眼睛里泪水打着旋儿，颤声说："为什么会这样呢？我不过就是和高院长一起吃了一顿饭而已，我们又没有做什么事情！"

江小曼说:"你也别气愤了,现在的人,捕风捉影的多,什么事情都会拿来嚼舌头的!"

秦羽菲愣了半晌,才明白:人家这么嚼舌头,无非就是在她们看来,既然自己和高彦华一起吃饭,那么就是自己和他关系密切,而所谓关系密切,不过就是认为自己是院长高彦华的情人!她急切地说:"你没有看到,是谁的微博?"

江小曼说:"听人说,是一个刚刚注册的用户,只有这一条内容。很快就被屏蔽了。大约是有人告诉了高院长,高院长找人屏蔽的吧!"

很快,秦羽菲和高彦华在一起吃饭的"微博门"事件在医院传得沸沸扬扬。有人甚至说,她能当上护士长,全是搭帮了因为她是高彦华的情人。秦羽菲从医院大院里走过,只觉得有人在背后指指点点的,她只觉得心里闷得慌,压力山大。

中午回到家里,平时一般不回家吃饭的周一斌,今天却破天荒回来了,冷嘲热讽地说:"怎么样?是不是很意外呢,你和院长的风流韵事被人晒到微博上去了!上次你说和赵大生没有关系,我相信了你,这次,你怎么说呢?"

秦羽菲知道自己就算有八张嘴都说不清的。周一斌是个小心眼的人,在这件事情上,绝对不会相信别人的解释,他只相信自己看到的。但是秦羽菲还是要给自己辩护:"不是你想象的那样,我和高彦华只不过是吃了一顿饭而已!你不是也经常和你的上司一起吃饭吗,在大庭广众之下吃饭,有什么问题!你上次说过,自己斤斤计较,小肚鸡肠!你就是!"

周一斌说："好好好，我斤斤计较，我小肚鸡肠！我赶不上那个高院长！行了吧！"说完，甩上门出去了。秦羽菲再打他电话，却是关机，就气得不知道该怎么办。摊上这样的事情，再解释，他也不会相信的，这场矛盾不知道要闹到什么时候才是个头？

高彦华发来一条短信：真对不起，连累你了！我没有想到有人会这么卑鄙！

秦羽菲没有回他，已经这样了，说对不起有用吗？她真后悔，自己太心软了，就不该和高彦华一起去吃饭。这个发微博的人，大概是赵大生，或者是赵大生找人做的吧？她想不出除了赵大生，还有谁会这么关注高彦华的一举一动。

下午下班以后，秦羽菲一个人在街道上慢慢走着，心里的委屈不知道向谁诉说。在市医院工作的这一年多时间里，发生了多少事情啊，而这些事情都让人如此猝不及防，无法应对。又是什么造成了她和周一斌的隔阂？他们的关系怎么会变成这样呢？秦羽菲走着，只觉得心一阵阵发凉。

华灯初上，这个城市往日璀璨的夜景，现在在秦羽菲的眼里只是一片凄凉和冷清。她慢慢地踱着步，不知道该去往哪里。秦羽菲偶然一转头，就愣住了，她看见江小曼一身黑衣，显得迷人而神秘，和一个男人相拥着走进一家宾馆。江小曼无意一回头，也看见了秦羽菲，马上显得有些慌乱，急忙低头快步走进去了。秦羽菲呆住了，心里不知道是什么滋味。她问自己：老同学江小曼也这样了吗？她和她老公还有什么区别吗？

黄晶晶调走之后，新任护士长秦羽菲对内三科护士的岗位进行了微调。江小曼心中的伤痛还没有平息，行尸走肉般的状态叫秦羽菲十分心疼，力所能及地给予了关照，让江小曼担任总务护士，负责科室的材料管理，同时负责科室护理质控。江小曼感觉到了，也不明说什么，只是在以后的工作中，十分积极地和老同学做好各种配合，这让秦羽菲十分欣慰。哪知道，她的平静背后居然还有这样的原因。时间很晚了，秦羽菲才回到家。意料之中周一斌不在，家里冷冷清清的，心情就有些低落。上了床，好久睡不着，不知道胡思乱想些什么。最后困极了，才慢慢睡着。

第二天早会交班结束，秦羽菲从护士站来到护休室，昨晚没有睡好，想打个盹儿。江小曼装着什么事都没有的样子，四顾无人就悄悄跟了进来，垂下眼皮低声问："都看见了？"

秦羽菲心领神会，知道她说的是什么，就说："放心，一定不会和任何人说的！"

江小曼脸上闪出一丝凄然的表情，说："我不为别的，只是为了报复那个负心薄情的人！以前，他在外面乱来，我装着不知道。为了掩饰自己的空虚，在你们面前故意趾高气扬，炫耀自己的行头。后来他的事情地球人都知道了，我再掩饰有什么意义呢？我这么做，就是想出一口恶气！"

秦羽菲只觉得心一阵刺痛，说："小曼，你的心情我理解！但是，但是你这样做，是在用别人的错误惩罚自己，你根本就是在糟践自己啊！"

江小曼笑容凄凉："家是女人的全部，我没有家了，还有什么事情不能做呢？"

秦羽菲心疼地说："你这是破罐子破摔，我们要爱惜自己，不要只为男人活着！如果实在过不下去，你可以选择分开，绝不可以把自己就这么搭进去。你知道吗，你这是自甘堕落啊！"

江小曼呆呆地望着窗外，慢慢说："我知道自己在堕落，我是不会离婚的，为了孩子，我只有让这个名存实亡的婚姻继续存在下去！但是，我不会委屈我自己，我会过一种自己想要的生活！"

秦羽菲骇然地望着江小曼，简直有些不认识她了。她的脑海忽然想起著名作家湘君说过的一段话："不要为自己的堕落寻找理由。如果你守住了底线，不管你曾经如何失败，都会有机会赢得世界；一旦你放弃底线，无论你过去多么优秀，世界终将与你无缘！"

江小曼这么做，她还有机会拥有自己的世界吗？整个早上，秦羽菲都闷闷的，提不起一点儿精神。

第
九
章

Chapter 9

生活是一场表演，需要千百遍练习，才可能换来一次美丽。生活给你一些痛苦，只为了告诉你它想要教给你的事。一遍学不会，你就痛苦一次；总是学不会，你就在同样的地方反复摔跤。不是所有的故事都能成为你眼睛里的色彩，因为岁月会淡化你的颜色。当你的人生之路走得不够平顺的时候，不要忘了，你只是走过这条路而已。当你走过以后，一切就只能任时光来处置了。

秦羽菲下了班懒懒散散地回到家里，随手把包一扔，人也随着包倒在沙发上，真想就此一直躺到地老天荒。忽然有人在敲门，她心里一喜，马上又黯然下来，周一斌回来会自己开门的，来的人肯定不是他。她慢腾腾地起身，穿上鞋子，去开门。叫秦羽菲意外的是，门外站的居然是范丽芳。

范丽芳带着一大包东西，笑容可掬地叫道："秦姐！"

秦羽菲心里一暖，随即又十分尴尬，医院里的传言，范丽芳肯定都听到了，不知道她会怎么想。果然范丽芳心直口快地说："秦姐，我都听说了，很为你抱不平，也很为你担心！"她进门看到房子里凌乱一片，再看秦羽菲，哀怨而又凄婉，人明显的又黑又瘦，十分心疼，拉着她的手说，"秦姐，你受委屈了！"

秦羽菲苦涩地一笑，拍了拍范丽芳的手，没有说话。

范丽芳十分善解人意，早已买好了两个人的晚饭。

秦羽菲说："我不想吃，你自己吃吧！"

范丽芳很快到厨房拿来碗筷收拾好了，劝她："不吃怎么行？你看你瘦了很多！"

秦羽菲眼睛一热，几乎掉下泪了。

范丽芳说："姐夫不在吗？他怎么也不关心关心你？"

这话一出，秦羽菲更加委屈，转身趴在沙发上大哭起来。

范丽芳明白怎么回事了，就骂周一斌："这个不知好歹的家伙，我打电话叫他回来！"

秦羽菲想拦她，又想就让她叫吧，说不定范丽芳真能叫周一斌回来，就此和好呢。

电话一接通，范丽芳就叫道："喂，周姐夫你给我听好了，我是你小姨子范丽芳！我现在和我姐姐在一起，就在你家里，你马上给我回来……对，马上！立刻！要不然，我会替我姐姐兴师问罪，向你讨回公道的！"

没有想到，周一斌居然很快就回来了。刚进门，就被范丽芳劈头盖脸一顿训斥："脑子进水了吗？你也不想想，我姐在乡镇卫生院待了那么多年，要是想发生什么，还用等到现在？别人为什么这么传谣言，你真的不知道吗？"一连串的追问像一支支利箭射向周一斌，把周一斌几乎打蒙了。

周一斌躲着范丽芳，连声说："好了好了，小姑奶奶，是我错了，行了吧？我给你姐赔罪！"

周一斌对着秦羽菲一抱拳，言不由衷说："老婆，是我错了，请你原谅！"

秦羽菲还没有说什么，范丽芳就叫道："不行，一点儿也不真诚！你错在哪里了，以后还会不会这样，都是要向我姐说清的！"

周一斌斜着眼睛，瞪了一眼范丽芳："真没有想到，你比我亲小姨子还厉害呢！"

范丽芳也一瞪眼："我本来就是亲的！你可给我长记性着，以后想欺负我姐，得想想我答不答应！"

周一斌"喊"了一声，说："说你胖，你还喘上了！"

范丽芳冲过来作势要打他，他赶紧告饶："我知道错了，小姑奶奶，你就和你姐大人不计小人过原谅我吧，我不该听信谣言，怀疑老婆！老婆就是我的党委书记，小姨子就是我的监察部长，我决心痛改前非，好好爱老婆，坚决贯彻老婆的指示不打折扣，坚决接受小姨子的监督检查不抗拒！"

周一斌如此滑稽的表现，把秦羽菲和范丽芳都逗笑了。

范丽芳强自板着脸说："好，我们收到你的政治表态了！从今以后，就看你的表现了！本监察部长会定期不定期进行监督检查！如果你有什么不好的地方，就等着我们给你整风吧！"

秦羽菲终于松了一口气，阴郁的日子过去了！她感激地望着范丽芳，范丽芳冲着她直挤眼。

医院药品招标采购大会很快进行，就在会前一个小时，高彦华发来一条短信：给我力量！秦羽菲心怦怦地直跳，思索了一会儿，回了一条短信：正义必有战胜邪恶的力量！你行的！

下午的时候，高彦华又发来一条短信：一切顺利！

秦羽菲很高兴，迅速回他：苦心人天不负！一切都会前景光明！

秦羽菲算是松了一口气，可是不知道为什么，她的心总是不踏实，似乎还有什么重大的事情要发生。按照高彦华原来的分析，赵大生要在这最后一次的自主招标中，狠狠捞一把。现在，高彦华破坏了他的好事，难道赵大生就这样偃旗息鼓，善罢甘休了吗？有一两次，秦羽菲在院子里碰到高彦华，不好问他，但是看高彦华信心满满的样子，应该是没有什么问题，她也就慢慢不去想这件事情了。

不过，秦羽菲最担心的事情终于还是发生了。不久以后的一个早上，秦羽菲走进科室的时候，却见江小曼早已到了，和几个护士正在窃窃私语。看到她进来，就从护士站出来，拉着她来到了护休室。

秦羽菲心里不安起来，预感到江小曼要告诉自己一个不好的消息。果然，江小曼说了一个惊人的事情：高彦华被执纪机关叫去"喝茶"

了。秦羽菲一听就蒙了，周一斌经常说，哪里的茶都好喝，唯独那里的茶喝不得。谁都知道，那里请喝茶，其实就是要你交代自己的问题。

秦羽菲脑子乱乱的，不知道高彦华以后会怎么样。她知道，这一定是赵大生在弄手脚，她十分担心高彦华会因为诬陷而受到不公正的待遇，暗自为他祈祷着。不知道为什么，秦羽菲竟然对高彦华充满信心，相信他绝对是清廉的。

就在这个消息传出来不久，市委组织部和市卫生局来了人，召开全院中层以上负责人会议。市委组织部的人宣布：由副院长赵大生主持医院日常工作。院长高彦华停职，接受组织调查。市卫生局的负责人最后做了一个简短的讲话，严肃要求大家要安心工作，不要受到不必要的干扰，要立足岗位做奉献，切实提高医德，改进医风，把医院各项工作推向前进。

秦羽菲坐在台下，脑子乱哄哄的，基本上没有听进去多少。

这几天秦羽菲都在为高彦华担心，想打听点儿消息，却不知道从何处下手。她想找戴志国帮忙摸摸情况，可是很快又摇摇头自己否决了。戴志国会帮忙吗，而且，他会怎么想？自己本来和高彦华没有什么，这样关心高彦华，说不定戴志国会多心。秦羽菲明白戴志国对自己的心思，倘若她去找他，说不定会给高彦华惹来更大的麻烦。男人吃起醋来，会不计后果的。

晚上周一斌不在家，秦羽菲一个人躺在床上，翻来覆去睡不着。窗外月色朦胧，秋虫唧唧。和高彦华一起吃饭的那个晚上，又像电影一般浮上心头，那首耳熟能详的清幽的古筝乐曲，如水般在心底漾开，时远时近，时浓时淡。不知道高彦华现在在哪里，怎么样了？

第二天上班不久，秦羽菲带领护士们早会交班，手机响了，看时，居然是副院长赵大生。她心一紧，赵大生会有什么事情？她万分不情愿地接了电话。

赵大生十分热情地说："小秦啊，早会结束了吗？速来我办公室一趟，有重要事情！"

秦羽菲实在不愿意去见这个人，去赵大生的办公室，无异于去阎罗殿。但是，主管业务的副院长找一个护士长谈话，她实在找不到拒绝的理由，人家是在和自己说工作呢。她无奈地摇摇头，继续早会交班。由于心里十二万分的不愿意，她就一直磨磨蹭蹭的，好一会儿，才来到赵大生的办公室。没有办法，她只有定下心神，调整好表情，敲了敲门。

赵大生声音十分洪亮："请进！"

秦羽菲推门进去，笑容可掬地打招呼："赵院长你好！找我有事情吗？"说着话，她特别注意方式地把办公室的门开得大大的，她怕赵大生会像上次在护士值班室那样来硬的。

赵大生却像什么也没有在意，显得格外热情，在大班台后站起来，示意她坐下，才对她笑道："小秦，越来越漂亮了啊！"

秦羽菲笑了笑，一语双关说："赵院长，你可真会开玩笑！"

赵大生哈哈大笑，说："你已经知道了吧？我们的院长大人高彦华因为在药品购销中收受贿赂，被上面调查了。你看你，早知道今天，就不会和他纠缠在一起了吧？"

秦羽菲涨红了脸："不是你想象的那样，我们是清白的！"

赵大生幸灾乐祸地说:"你就别再等他回来了,他不会回来的。"他咬牙切齿地说,"这个院长本来就是我的,被他抢了去。他一个排名最末的副院长当了院长,我这个常务副院长却没有当上,这公平吗?我在这里从实习医生干起,到科室主任,再到副院长,整整20年,给医院的贡献该有多大?可是高彦华呢,他只不过是个乡镇卫生院院长,调来当了副院长只有三年,他给医院做过多少贡献呢?却当了院长,这还有天理吗?"

秦羽菲看赵大生一副义愤填膺的样子,就不敢再说话,只有目不转睛地望着他。

赵大生得意地笑着说:"现在,高彦华就要把这本该属于我的东西还给我了!"他双眼盯着秦羽菲,"你是很漂亮,但还不值得我这么处心积虑要把你搞到手!我这么做,不过是为了打击高彦华。你是他从乡镇卫生院调上来的,最近还被他提拔为中层,是他树立的先进典型,是他给大家树起的标杆!如果把你拉过来,别人会怎么看他?对一个男人来说,自己中意的女人投入敌人的怀抱,对他的打击又会是多大?可惜,"他怨毒地看着秦羽菲,"你居然为他守身如玉,不肯接受我的好意!你知道这让我多么忌恨他吗?"

事情的真相居然是这样,秦羽菲不知道该说什么,"守身如玉"这个词太让她难堪了,她只好一连串地说:"不是你想象的那样!你和高院长之间的事情,又关我何事呢?"

显然赵大生今天的目的只是居高临下的显示他的胜利,看着秦羽菲惶惑的神情,他从内心里笑了:"你越是不肯接受我的好意,更加坚定我越发要把高彦华扳倒踏上一脚的决心！怎么样，高彦华这只孙猴子到底没有逃出我如来佛的手掌心吧？我知道你和戴志国关系不错！但是我告诉你，他也是靠不住的！我听说他很快就要调到别的市当市长去了，而你却还要继续在这里工作和生活下去。高彦华倒了，戴志国走了，只有我才是你最靠得住的人！你仔细想想吧！"

秦羽菲脸涨得通红，再也不想和赵大生周旋下去。她鄙夷地看着他大声说："我告诉你：不是你想的那样！"她一字一顿地说完，转身大步流星走了，后面传来赵大生得意的大笑声。

肯定是赵大生诬陷了高彦华，秦羽菲边走边想，高彦华绝对不是个贪官，只是，她势单力薄，有什么办法去证明呢？

秦羽菲心事重重，而江小曼不知道为什么最近心情很不错。她看秦羽菲这样落寞，有一天下午，就约了秦羽菲、黄晶晶和周小慧一起吃饭。秦羽菲心情不好，本不想去，但是又怕扫了江小曼的兴，犹豫不决，很晚了才到酒店。

上楼的时候，在楼梯拐弯处，无意中一回头，意外地发现了副院长赵大生和药剂科科长以及另外几个人也来这里了。赵大生谈笑风生，显得踌躇满志，旁边那几个人对他恭敬有加，都恭维他很快要当院长了。秦羽菲躲在一边仔细听，这些人谈论的竟然是医院最近的这次药品招标采购。药剂科科长称那几个人为某某经理，她就猜想，这些人大概是药品经销商吧。

江小曼早已和黄晶晶、周小慧在包间里等着秦羽菲。秦羽菲进门就说："我刚才碰到我们的赵副院长，看样子是和几个药品经销商一起吃饭！我怎么感觉这些人有一种坐地分赃的意思？"

江小曼叹息说："真是人心险恶呀，高彦华惨淡经营，对赵大生处处忍让，可是到底没有逃出赵大生的手掌啊！"

秦羽菲看她话里有话，就问："你都知道些什么呢？"

江小曼说："我也是听我老公说的，他和市里有关方面的人熟，有个朋友透露说，赵大生举报了高彦华很多问题，只有一件查实，别的问题高彦华早都已经处理好了！"

上次那件事情之后，江小曼第一次在大家面前提起老公，口气十分平静，别人都觉得奇怪，她一直是回避提到她老公的，只有秦羽菲明白就里。但秦羽菲关心的不是这个，而是高彦华。江小曼说的这些，其实正是秦羽菲最想不通的问题，这些天她一直在思考，高彦华上次说他做了很多工作，赵大生抓到的那些把柄早已不成其为把柄，那么到底是什么事情让他把高彦华举报了的？现在江小曼这么说，她就急切地问："小曼，到底怎么回事？"

江小曼说："市里查实的这件事情是，一家医药公司通过高彦华老婆给他送了回扣10万元。要说这事，还真是凑巧！赵大生老婆和高彦华老婆在一个科室上班，有一天高彦华妻子穿着一套名牌服装，赵大生老婆十分羡慕：你家老高到底是院长，还是你幸福啊！高彦华老婆无意中说：我就不相信，是你家老赵抠门吧？不是最近刚有个药商给了高彦华和赵大生每人10万元吗？你家老赵也舍不得给你买个礼物？赵大生老婆说：我们没有收到这钱啊！高彦华老婆说：不会的。我家老高把人家药商给拒绝了，后来那个人来给了我！我就收了！你们家老赵一定也收了，我们都是一条线上的蚂蚱！你就别装了！赵大生听到老婆回家说这话，就借机把高彦华举报了。高彦华这次可是吃了赵大生的大亏了，这赵大生真是无毒不丈夫！"

秦羽菲恍然大悟，叹息一声，大风大浪都过来了，没有想到却在阴沟里翻了船，真为高彦华不值。她若有所思地说："也别说药品购销领域搞腐败，这是体制的问题啊！如果国家把药品也像烟草一样专卖了，会有现在的情况吗？药品市场会是现在这么混乱吗？药价会是这么虚高吗？患者的负担会是这么沉重吗？医生的医德会有这么败坏吗？"

黄晶晶笑起来，说："羽菲，你呀，十万个为什么啊？在这个医院里，我们只不过是几个无足轻重的小护士，这是我们考虑的事情吗？要我说，高彦华走到今天，全是因为他有个蠢老婆！这个女人，典型的胸大无脑！不但私生活极度不检点，而且生性十分虚荣！俗话说：家有贤妻，夫不遭横祸。我们女人嫁不好丈夫不行，这男人啊，找不到好老婆，那也是足以致命的错误！"

黄晶晶说完这话，不觉得对着江小曼吐了吐舌头："小曼，我可不是故意的啊！"

江小曼老公的事情，现在全院人都知道了，江小曼反而不再把这个当作事。黄晶晶这么说，江小曼淡淡地说："我早都不当个事了！说实在的，他也很可怜！发生这件事情以后，前途毁了不说，还到处叫人看不起，回来对我低声下气的，我的气也消了！"

秦羽菲想，江小曼的气消了是真，但是只怕不是因为她老公的低声下气，而是因为别的什么吧。但是这话不可以对黄晶晶和周小慧说，那事没有几个人知道。

黄晶晶叹息说："可惜了你老公，这么有前途的年轻人！"

江小曼面无表情地说："我算是明白了，爱情什么的，都靠不住，只有金钱才能给人带来安全感！我现在把他的所有收入全部牢牢掌控在手里，哪怕是他那些见不得光的钱财，我都毫不客气一一搜罗出来收入囊中，他在外面想干什么就干什么去，我懒得管了！"

江小曼变化这么大，秦羽菲再次有一种强烈的不认识她的感觉，可是她什么也说不出来，只有在心底陪着黄晶晶为江小曼叹气。

黄晶晶岔开话题说："你们可不知道，赵大生也忒胆大了些，居然敷衍了事地只和中标的医药公司签订了少部分供药合同，而把大量的合同给了其他几个关系户医药企业。我听药房的人说，最近咱们医院药价又大幅上涨了一次！中间的猫腻，谁不知道呢！"

秦羽菲震惊了，张大了嘴巴，骇然望着黄晶晶，半天说不出话来。

第二天，秦羽菲犹豫再三，终于给戴志国打了电话。她知道赵大生举报高彦华这个情况以后，一直思潮翻涌，盘算着如何帮着高彦华："戴书记，有件事情想请您帮忙？您能不能抽空见见我？"

听得出来，戴志国十分高兴："好啊！见你这么一位大美女，我是十分荣幸并且非常乐意的！"

秦羽菲心急火燎，手忙脚乱地换掉工作服，就赶紧打车到了市委大院戴志国的办公室。随着和她联系的不断增多，她渐渐了解到，戴志国除了分管干部工作之外，还是市里工业经济建设和城市建设两个领导小组的组长，在这两个领域内都做出了卓越的业绩，他的口碑其实是很好的。她对他的看法，也随着了解的不断深入慢慢改变，要不然她也不会来求他的。

戴志国办公室装修豪华，干净整洁，靠西边的一面墙上全是书橱，摆满了各色各类的书本，又给秦羽菲眼里粗俗的戴志国增添了不少的儒雅之气。她匆匆扫视了一下戴志国办公室，就急急忙忙地把江小曼说的消息告诉了他："戴书记，您无论如何，得帮帮高院长！"

戴志国正坐在大班台后面批阅文件，对于秦羽菲主动找他有些意外，本来十分高兴，迎上来亲切地招呼她坐下，还特意给她泡了上好的菊花玫瑰冰糖茶。等她说完来意，就显得很没有意思。他慢慢站起来，从大班台后走出来，倒背着双手在宽大的办公室里踱着步，不快地说："小秦啊，你受了高彦华什么好处，对他这么关心？真让我吃醋！"

秦羽菲说："没有什么好处，我只是觉得他是一个好人，一个可以管理好市医院这个团队的好院长，所以想帮帮他！"

戴志国站住了，注视着秦羽菲说："好人多的是，你为什么一直对他这么关心？难道我不是好人，你为什么不关心关心我呢？"

秦羽菲真诚地说："戴书记，我说的都是真心话！不瞒您说，高院长对我有知遇之恩。现在他遭人陷害，我不能无动于衷。再说赵大生处心积虑地想当院长，可是他这个人心术不正，要是当了院长，不知道会把医院变成什么样！"

戴志国看着秦羽菲好一会儿，才说："好！既然你这么说，那我就想想办法，要不然，显得我这人太没有良知！你小秦只怕以后会看不起我的！"他感叹说，"说真的，不知道为什么，对你，我总是硬不起心肠来！你说的每一件事情，我都答应了！"

秦羽菲使劲点着头："您刚才不是说了吗？这是因为，我们都是有良知的人！"

赵大生主持工作以后，整个人容光焕发，步履变得也轻快起来，说话的底气也足了。秦羽菲暗自想，真是典型的小人得志，不知道他会怎么进行他的表演呢？

很快，赵大生召开了院、科两级负责人和部分职工代表会议，对近期工作进行安排部署。会上，赵大生首先对这次发生的药品招标采购收受回扣的事情进行沉痛的检讨，表示自己作为副院长，没有尽到监督职责，以致对医院造成重大负面影响，自己一定要吸取教训，坚决认真贯彻党风廉政建设责任制。继而，号召大家要全力支持自己，做好医院今后的工作，尽快扭转不利的局面。秦羽菲听着，心底直冷笑，什么自己监督不够，是自己处心积虑使坏才对。说实在的，赵大生到底当了多年副院长，讲话很有水平，她不得不承认，一时之间，他就把参会人员的情绪调动起来了，她甚至能感觉到他的得意之情。

赵大生喝了一口茶，清清嗓子，说："今天开会的目的，除了统一思想之外，主要是为了安排一项重要工作，医院决定，近期开展一次优秀医务人员评选活动，优秀医生的评选由医务科组织，优秀护士的评选由护理部组织。对于评选出来的优秀医务人员，医院要拿出巨资进行奖励，大张旗鼓地宣传推介，同时向上级卫生行政部门推荐表彰奖励，还要在以后的职称晋升、提拔任用等方面倾斜！"显然这是赵大生主持工作以来笼络人心、激发士气的一项举措。

赵大生召开的这次会议，给医院的全体职工打了一剂强心针，时时处处听到的都是职工在议论"优秀医务人员"评选活动。因为这个事情背后的利益特别诱人，既得丰厚的奖金，又能在职称、提拔等方面得到倾斜，那可是名利双收的一等美事啊！这样一来，医院全体职工都对赵大生充满了期待，人们戏称医院进入"赵大生时代"，很快把高彦华扔在脑后。秦羽菲也不由得佩服，赵大生真的是善于抓关键，一下子就做到每个人的心坎里去了。

活动本来进行得很顺利，可是中间却发生了一件叫赵大生意想不到的事情。早先妇产科护士长在"高彦华时代"举行的公开选拔中被调整下来，心里特别不服气，可是也没有办法。现在赵大生主持工作，她觉得机会来了，就找赵大生，要么给她评选个"优秀护士"，让她拿奖金、晋职称，要么就让她继续当护士长。赵大生早已对她厌弃了，就不由分说，训斥了一顿。没有想到，她居然耍起泼来，在行政楼又哭又闹，声言要去市里相关部门反映赵大生的问题，赵大生没有办法，只好给她暗箱操作了一个优秀护士。结果，另外和赵大生有过暧昧的两个人也如法炮制，向赵大生"逼宫"，赵大生只好再次给她俩暗箱操作。这事一传开，让赵大生的形象大打折扣，本来十分严肃认真的"优秀医务人员评选"活动由此变得十分滑稽起来，赵大生的"新政"成了人们戏谑谈笑的一出闹剧，轰轰烈烈的优秀医务人员评选活动也便不了了之。

秦羽菲对此不禁暗自好笑，赵大生踌躇满志，刚开始施政，就遭遇挫折，无疑对他是当头一棒。现在的赵副院长不是原来的赵副院长了，当初的威望早已崩塌了。她想，就是这样的人，一旦当上院长，会把医院引向何处呢？

第十章

Chapter 10

从你能否来到这个世界开始，你所面对的所有都只能是二选一。你没有必要纠结于自己的工作和生活，因为这一切都是选择的结果。你的二选一都是自己选择，既然选择了，注定就有义务有责任，就算中途你要放弃，依旧是二选一。选择必然会有结果，有结果又会产生责任。二选一从来都没有正确答案，不论你现在是什么状态，什么境遇，都是自己选择的结果，希望每一个结果都是你想要的。这段时间，秦羽菲一直在担心，到底她还会面临怎样的难题，让她的二选一如此艰难？

这天早晨一上班，医院里人人都在传言最近市委临时动议，要调整个别单位负责人，副院长赵大生这次终于要当市医院院长了。秦羽菲脸都吓白了，暗暗祈祷：

老天保佑，不能叫这个小人就这么当上院长！一旦赵大生当了院长，先别说他以后会把医院带成什么样，单是她就会在市医院混不下去啊！她每天心事重重，对以后的事情万分担忧。

隔了一天，江小曼神秘地告诉秦羽菲：市委常委会上，有几个常委提议正式任命赵大生为市医院院长，戴志国力排众议，说高彦华的案子目前还没有结论，况且又出现新的情况，不能就这么仓促地免去他的院长职务，还是缓一缓，等案子水落石出了再说，否则，市委会很被动的。戴志国还把最近市医院"优秀医务人员"评选过程中发生的闹剧向常委们讲了一遍，说这样的人，根本就当不了院长。就这样，赵大生被放下了。

秦羽菲放了心，戴志国分管干部，关键时候还是不含糊的，以他对赵大生的了解，应该知道他不适合当院长。可是如果戴志国对赵大生那位很过硬的后台买账的话，是不会轻易得罪赵大生把他放下来的。他既然敢于抵制对赵大生的任命，那么他当然是不再忌惮赵大生的后台。她觉得，过去对戴志国的看法还是有些偏颇的。

赵大生这段时间像被霜打了的茄子，没精打采的。他有很硬的后台，当然知道市委常委会的情况，只是他对戴志国却是无可奈何的，到戴志国这个层次了，他也不是白混的。秦羽菲曾经借助戴志国的手，从妇产科又回到内三科，这两人一定关系密切，他对戴志国没有办法，不代表对秦羽菲也没有办法。这个秦羽菲，不买他的账不说，还和自己的"劲敌"抱作一团，他对她真是恨之入骨，就多次给她找碴，把她弄得很难堪。

早上刚上班，院办通知召开中层以上干部会议。秦羽菲预感与自己有关，果然，在会议上，赵大生咬牙切齿地宣布：秦羽菲接任内三科护士长以来，工作非但毫无起色，护理质量反而一落千丈，不能胜任护士长一职，院务会决定免去其内三科护士长职务，由江小曼担任内三科护士长。

　　秦羽菲脸色惨白，内心刺痛，会议没有结束就流着泪冲出了会场。

　　会一散，很快全院人都知道了，人人都在议论，秦羽菲跟错了高彦华，要是跟着赵大生，如今不但不会落得这样的下场，相反还会步步高升。秦羽菲虽然努力不去理会别人的闲言碎语，但是这事毕竟给她带来的压力和痛苦太大了。她整天一言不发，只是机械地做事。

　　江小曼拉着她的手安慰说："羽菲，你别想太多！赵大生要我当护士长，我坚决不干，可是他就这么任命了！其实咱们老同学，谁当护士长都一样！以后，咱们商量着来！"

　　秦羽菲勉强笑笑，说："这怎么可以呢？小曼，我承受得住！你放心，我会坚决服从你的管理！"

　　卢伟光看在眼里，在旁边没有人的时候，对秦羽菲说："还记得我上次说的那件事情吗？我同学在广州催了我好几次了，你不去，我也不想去！现在你遭受这么不公平的待遇，我想请你再考虑一下，我们一起去那里！"

　　秦羽菲正在悲哀，卢伟光这么一说，越发烦躁不安："卢医生，你什么意思？我不相信你听不懂我的话！我已经说过，我的家在这里，我的根在这里，我不会去的！要去你自己去！"

卢伟光还想说什么，旁边忽然有个人说："好啊，秦羽菲，我没有想到，你一个有夫之妇会这么不要脸，勾引人家的男朋友！亏我一直把你当好姐妹，什么事情都给你说！"

秦羽菲和卢伟光都愣住了，回头一看，眼前站着怒气冲冲的周小慧。

事情发展到这一步，秦羽菲是怎么也没有想到的。最初她有个明显的感觉，就是卢伟光在接近自己。随后，她很快就明白了他的心思，这让她简直手足无措。她开始有意识地躲避他，以免周小慧误会，也好让他断了这个念头。自从卢伟光知道陈伊璇死了的消息，他沉默了一段时间，然后忽然就变得开朗起来。秦羽菲感觉到这一点，还为周小慧高兴不已，觉得她终于要情有所归了。可是，很快她就感到不太对劲儿，她发现她的躲避并没有让他知难而退，反而是他看自己的眼光越来越热切了。卢伟光真是对自己有了想法？但她很快就否定了，他知道自己早已是一个孩子的母亲了啊！卢伟光没有明说什么，她也不敢贸然表示什么，只能继续躲避着他。现在卢伟光一句话，就把他和自己、周小慧推到如此尴尬的地步，秦羽菲吃惊又格外生气。她不明白，为什么总有这么多的是非找上自己呢？

周小慧脸涨得通红，泪水在眼眶里打转。卢伟光沉着地说："这不关小秦的事情，是我找的她！"

这话一出，周小慧终于放声大哭起来："卢伟光，你没有良心，枉费了我的一片真情！你真下作，居然不要我，却要这个生过孩子的老女人！"她转身朝秦羽菲吐了一口，"臭不要脸的，装得一本正经帮我牵线，没有想到牵到自己床上去了！"

真是兔子急了也咬人，周小慧那么乖巧可人的女孩子，这时候也会用如此恶毒的语言骂人，可见她的伤心和悲愤。秦羽菲虽然气得要命，依然是冷静的。只是，怎么向周小慧解释呢？此时的她，完全是一副"我欲将心向明月，奈何明月照沟渠"的悲哀和激愤，她能听得进去？她只好冷冷地注视着卢伟光："卢医生，请你给小周一个合理的解释，不要让我无辜受牵连！"

卢伟光却依然很沉着，很坦然："周小慧，我说过了，和人家小秦没有任何关系！你不要太过分了！"

周小慧歇斯底里起来，大声喊道："我过分？你才过分呢！我有什么不好，你却找这个不要脸的老女人！"

卢伟光再也沉不住气了，逼视着周小慧，说："你真的太过分了！"他如此维护秦羽菲，周小慧愤怒至极，伸手就是一巴掌打在他的脸上。"啪"的一声脆响，周小慧一下子愣住了，卢伟光愣住了，秦羽菲也愣住了。

秦羽菲的心沉下去了，谁都没有想到，事情糟糕到不可收拾。

周一斌被范丽芳批评教育之后，态度有了改观，不过秦羽菲总觉得他哪里不太对劲儿，细想却又说不上来到底哪里不对劲儿。不记得从哪一个下午开始，秦羽菲意外发现周一斌早早就回来了，而且一改往日的态度，对她非常关心、体贴起来。以后几天，周一斌不但天天提前回家，而且专门拣她最喜爱的饭菜给她做，秦羽菲心里多少感到有些安慰。周小慧的事情沉沉地压在心头，她懒得和任何人说，每天只是病恹恢的。

这天下午下班回家，秦羽菲看着在厨房里忙碌的周一斌，心里不觉得很感动，这周一斌毕竟人还不错！她放下包，洗了手，也进去帮周一斌收拾着。秦羽菲装着不在意的样子问："这几天脱胎换骨了，还是太阳从西边出来了？知道疼媳妇了，不容易啊！"

周一斌笑嘻嘻说："老婆，是我错了！上次我怀疑你和赵大生，这次又怀疑你和高彦华，我十足就是个天字第一号的大笨蛋！"

秦羽菲说："听起来还不错啊！"

周一斌说："当然啦！我知道你这几天在医院受了赵大生的欺负，很替你不平！当不当护士长咱无所谓！你放心，我一定会找机会给你讨回公道的！你别急，以后我有权有势了，就把你从医院调到卫生局管着他！像你这么好的老婆，不好好疼爱才是傻瓜呢！今后我会遵循一条原则：老婆是用来疼的，而不是用来怀疑的！"

秦羽菲眼睛湿润了，扑进周一斌怀里，在他脸上响亮地亲了一个。周一斌把饭铲扔掉，转身抱住秦羽菲，两人就在厨房里亲吻起来。好一会儿，周一斌腾出嘴叫道："不好，饭煳了！"放开秦羽菲赶紧拾起饭铲子。秦羽菲两眼泪汪汪地望着周一斌想：再也不能折腾了，必须尽快走进平静的生活之中。

过了一会儿，建设局局长王曼丽打电话叫周一斌有事情，周一斌也没有出去，婉转地拒绝了。秦羽菲不无担心："王局长找你，你不去，会不会有什么事情？"

周一斌满不在乎地说："没有关系，这个老女人更年期来了，尽是些鸡毛蒜皮的小事儿，不会有什么问题的！"

晚上上了床，周一斌极尽温柔之能事，把秦羽菲伺候得浑身各个毛孔里都是高潮。完事了，周一斌抱着秦羽菲，在她耳边呢喃着："老婆，我爱你，真的好爱你！"

秦羽菲感动得眼泪直流，抱住周一斌直撒娇。

周一斌说："最近，规划局局长就要退休了，我是这个职位的候选人之一。我已经向戴志国书记说过多次了，但是看样子情况不是很乐观。我在想，等我当上了规划局局长之后，我的仕途应该就达到顶点了！我就不再在外面奔忙了，回来多陪陪你！"

秦羽菲开玩笑说："你说得好听，当我不知道？你是个官迷，当了规划局局长，又想着要当副市长，当了副市长说不定又想当市长，哪里会有个尽头呢？不如现在我们就好好过日子，只要我们不猜忌，相互信任，日子过好了，比你当什么官强多了！"

周一斌说："我知道，但是这次我已经是规划局局长候选人之一，我不努力，会让别人看扁的，我也不会甘心的，必须要全力以赴去竞争才是！"

秦羽菲说："那也好，就这一次吧！"

周一斌高兴地说："老婆真好，这是对我的最大支持！不过，还有一件事情，要老婆帮帮我！"

秦羽菲奇怪地问："我又不是组织部部长，也不是管干部的戴志国，怎么帮你？"

周一斌亲了一下秦羽菲，说："你虽然不是戴志国，但是你和戴志国熟啊！我看得出，你的话他会听的，你就找机会给我美言几句。怎么样？老婆，就看你帮不帮我了！"

秦羽菲生气了："你不会是让我委身戴志国，换取你的顶戴花翎吧？"

周一斌急忙说："老婆想到哪里去了？这么做，就算你愿意，我也不愿意呢！我的意思是，戴志国既然对你有心思，我们不妨利用一下他，你给他说说，只要我当上规划局局长，咱们就抽身而退，什么也不损失，岂不是两全其美的事情？"

秦羽菲说："你想得美，只怕没有套住狼，反倒把孩子给狼叼走了！"

周一斌说："老婆，这话就这样，咱们再商量！"

秦羽菲坚决地说："不商量！这么做，太无耻了！我还有尊严吗？以后别提这个事了！"

周一斌说："好好好，听老婆的！不说了！"

这一年多，经历的变故太多了！我们再也折腾不起了，必须重建正常的生活秩序，踏踏实实平平安安过日子！秦羽菲暗自下定了决心。

远处，不知道从谁家的音响里传来一首歌曲，听得秦羽菲心底一阵呜咽。"时间都去哪儿了，还没好好感受年轻就老了，生儿养女一辈子，满脑子都是孩子哭了笑了。时间都去哪儿了，还没好好看看你眼睛就花了，柴米油盐半辈子，转眼就只剩下满脸的皱纹了……"她噙着泪水想，如果我们再不好好过日子，时间真的就都无情地溜走了！

这段时间，周一斌基本上天天按时回家，只要回来就十分殷勤地帮着做饭、洗衣、打扫卫生，完全是一副模范丈夫的做派。秦羽菲窃喜，大约自己对周一斌说的话他终于听进去了，不再把那些蝇营狗苟的事情看得太重，而把家庭放在了第一位。她就努力把自己最柔情的一面拿出来，小日子显示出从来没有过的温馨和滋润，她走到哪里都是一副春风满面的样子，赵大生再怎么欺负她，同事们再怎么传播她和卢伟光的谣言，到底没有自己和周一斌过好日子重要。她打定主意，任尔东西南北风，我自岿然不动！结婚只是一时，呵护却需要一生。过一种简单而健康的日子，这是女人最关键的，也是女人一生的事业！她在心底这么告诉自己。

这么多年了，秦羽菲始终对生活抱着十分严肃认真的态度，丝毫没有一点儿游戏人生的意思。上大学的时候，她因为秀丽脱俗、青春靓丽成为男生们追求的对象。同系有一个写诗的男孩子，很得她的欢喜。然而就在他们第一次约会不久，在回宿舍的路上，秦羽菲隐隐约约听到班里几个男生传说着那个写诗的男孩子的一个笑话。她仔细去听，他们说的是他写的诗歌是所谓惊世骇俗的"后现代主义"，最著名的一句，在校园里广为流传：风啊，你猛得就像嫖客一样！她蒙了，这是诗歌吗？怎么会如此恶俗？她由此看到了一颗猥琐的心灵，从此，他们还没有开始就已经结束，而她再也没有动过谈恋爱的念头。她固执地认为，大学里谈恋爱，大多数都不是抱着结婚的目的，而是为了打发无聊的时光。老话说，不以结婚为目的的恋爱就是耍流氓。所以，比她丑很多的人都换了好几任男友，只有她从来没有谈过恋爱。毕业后，遇到的第一个男人就是周一斌，她庆幸自己没有费周折就找到了归宿。眼见得如今到处是经不起考验的婚姻和爱情，她要好好珍惜，让周一斌成为她这一生唯一的一次爱情。她相信，她完全可以做到。

周一斌下午有应酬没有回来吃饭，但是很快就回家来，秦羽菲正在看电视，他靠过来斜躺在沙发上拥了她，一边看电视，一边把削好的水果喂给她。她好几次眼睛都湿润了，这就是她想象的最幸福的时刻啊！她就抱紧周一斌，伸长脖子在他脸上不时地亲吻着。电视看着看着，就不约而同不想看了，两人相视而笑，相拥着回到卧室里。

今晚，周一斌格外体贴，关了灯，拉开窗帘，屋子里满是皎洁的月光，就在这月光的怀抱里，两人深深地吻着、抚摸着，欲望如火一样燃烧。周一斌冲动地把秦羽菲环抱起来，在月光洒满的屋子里旋转，旋转。转着转着，就倒在宽大的床上。周一斌仿佛一个手法娴熟的琴手，弹奏着秦羽菲这个世间最美的一架钢琴，奏出了一支激越而酣畅的曲子。

甜蜜过后，秦羽菲心无所思，枕着周一斌的胳膊很快就酣睡了。只是不知道为什么，周一斌却满怀着心事，一直到天亮，都圆睁着双眼没有睡着。

早上起来，秦羽菲看到周一斌还在睡觉，就轻手轻脚起来，看着他，情不自禁地亲吻了一下他的脸。其实周一斌根本就没有睡着，看着秦羽菲的背影，他无比纠结地长长叹了一口气，眼角渗出一种亮亮的东西。

秦羽菲做好早餐了，周一斌也起来了，两人坐下来吃早餐。秦羽菲想起来，有些日子没有这样在一起吃早餐了，心里柔情顿生，看着周一斌狼吞虎咽的吃相，不禁笑了："慢点儿，别噎着，好像上辈子没有吃过一样！"

周一斌说："我每天都把每顿饭当作最后一顿在吃，怕以后再吃不上！"

秦羽菲愣住了，什么意思？她有些生气了："你说什么呢？这话太不吉利了！"

周一斌反身抱住秦羽菲说："老婆，我怕，这世上有那么多的坏男人对你打着主意，说不定哪一天，你就跟他去了！我不想失去你！"

秦羽菲笑了："原来这样啊！你放心好了！只要你好好过日子，我就和你过一辈子！你若不离，我定不弃！"

周一斌亲吻着她："好，我们好好过日子！"

秦羽菲觉得今天周一斌有点儿反常，但也没有过分在意，只想他大约还在留恋那个规划局局长吧？没有关系，过几天就过去了。出门的时候，周一斌说："我要去省城，有个重要的事情！明天才能回来。"

秦羽菲说："路上注意安全！"最近，周一斌买了私家车，开车的热情特别高，不管去哪里，都是自己驾车，所以她特别这样叮嘱他。

不知道为什么，秦羽菲今天一直心神不宁的，好像忘记做什么事情了。她的这种状态，很叫自己担心，遇到扎针、换药什么的，就都叫实习护士去做。

江小曼看着她说："羽菲，你脸色不好，心不在焉的！"

秦羽菲说："莫名其妙的，心里一阵阵发慌！"她想了想，忽然紧张起来，就赶忙给周一斌打电话，周一斌手机信号不太好，看样子是在车里："是不是你自己开车？一定要小心哦！"

周一斌说："放心吧！我带司机呢！"

秦羽菲松了口气，江小曼羡慕地说："你们可真好！以后就别在我这个天涯断肠人面前秀恩爱了！就不怕刺激我？"

秦羽菲笑了："我们老夫老妻了，还秀什么恩爱？不过就是彼此关心一下！"

打了这个电话以后，秦羽菲的心情稍稍安定了些，左右手边没有什么事情，想起有些日子没有见到范丽芳了，就打电话给她："芳芳，在干吗呢？好长时间不见了！"

范丽芳说："秦姐，还是老样子，在妇产科学习！再过两天，我学习就要结束了！"

秦羽菲有点儿意外："这么快就结束了？"

范丽芳说："可不是，马上结束了！"

秦羽菲说："那好吧，今天下班来我家里吃饭，权当姐姐给你饯行！"

范丽芳迟疑一下说："不了，我下班还有事情！几个同学要在一起聚一聚！回去以后就没有时间了！"

秦羽菲说："那也行！回去的时候，让周一斌送你吧！他买了新车，到处开着闲逛！送你也算是做了一件正经的事情！"

范丽芳急忙说："不了，不了，姐夫很忙的，就让他多陪陪你！我自己回去就成！"

秦羽菲挂了电话，总觉得范丽芳说话有些怪怪的，往日里那么心直口快，泼辣大方，今天怎么吞吞吐吐的？大约是要离开市医院回洪河镇卫生院了，有些惆怅吧？她知道，范丽芳一心想调离洪河镇卫生院，那里她早已厌烦了，这孩子，就是个耐不住寂寞的人。

没有想到 10 点过后，科室里病人多了起来，大家都忙得踮着脚在跑。更没有想到，一会儿居然送来了两个自杀的孩子要急救，叫大家个个心有戚戚焉。这两个孩子，都是一中的学生，男孩子学习差，但他爸爸却是个当官的，老师为了讨好他爸爸，就安排学习最好的一个女生给他补习功课。结果，两人日久生情，恋爱了。在老师和两家家长的共同声讨下，两个孩子相约自杀殉情，尾随跟踪的家长慌了手脚，急忙叫了急救车送到医院。科室里乱成一片，主管副院长、医术好的医生、技术好的护士，差不多全部参加了急救，最终，男孩抢救过来，而女孩因为失血过多，抢救无效死亡了。眼看着这个花季女孩生命瞬间凋落，而家属的哭喊号啕在科室里久久回荡，所有人都禁不住涕泪四流。

总护士长黄晶晶和女孩儿妈妈熟，也参加了抢救，痛哭流涕地说："这孩子，真傻！"

江小曼眼睛红红的，说："现在，真正的爱情只怕也就是要到学生中去找了！"最近，江小曼虽然从老公劈腿的伤痛中渐渐走出来了，但总是会触景生情。秦羽菲默默望着江小曼和黄晶晶眼泪长流，一句话不说，不知道在想什么。

很快，就到了下午下班的时候。秦羽菲心情很不好，一边换衣服，一边抹眼泪，这时候周一斌打来电话说："老婆，有个重要的事情，要你去办一下！"

秦羽菲问："什么事情，等不到你回来吗？"

周一斌说："不行，明天的市委常委会要研究干部！我能不能当上规划局局长，就看戴志国了！刚才他打电话叫我来一趟，我知道他是在向我索贿！你赶紧去一趟吧，给他说说，这事儿就成了！"

秦羽菲有些生气，说："我们不是说好了吗？不再管这个事情，能当上固然好，当不上也不强求！为什么又要我去呢？"

周一斌却只管求她："老婆，你就去吧！帮帮我！啊，我还忙，就这样，一定要去！"说着话，就把电话挂了。

秦羽菲放下电话，气恼地想：周一斌真是太执迷不悟了。本来还以为他放弃不择手段往上爬的念头了，哪知道根本不是这么回事！权力，真的对男人就是这么重要吗？

累了一天，加上那个女孩子的死，心情特别灰暗，连路都不想走了，秦羽菲刚想搭一辆出租车早些回家，戴志国却忽然打电话说："小秦啊，下午我们一起坐坐吧！"

秦羽菲越发生气，戴志国也来凑热闹，和周一斌串通好的吧？这些臭男人，难道还有什么事情比一个花季生命凋零重大？她尽量语气和缓地说："不行啊，下午我没有空！"

戴志国嘿嘿笑着蛮有把握地说："不会吧？刚才我给周一斌打电话，要商量一件对他来说很重要的事情。可是他不在，要你来和我说呢！你不知道吗？我就不信，你真的就不关心他的事情！"

果然是串通好的，秦羽菲对周一斌更加生气，对戴志国也一阵说不出的厌恶，掌握着主管干部的大权，就可以这样肆无忌惮、为所欲为，公然索贿一点儿也不脸红吗？

戴志国说："怎么样，一起坐坐？要是你不想说周一斌也行，我们还可以说说高彦华！"

秦羽菲真的服了戴志国，他句句都能说到秦羽菲心坎上。周一斌要自己向戴志国美言，她心里很不是滋味，在这个过程中，自己充当什么角色呢？她不想以后给别人落下话柄，虽然周一斌期待的目光一直在她眼前，她也不想随随便便就答应。可是，戴志国一说到高彦华，她不由得心动了。这段时间，上面正在调查高彦华，如果有戴志国帮帮，也许可以大事化小呢！

踌躇再三，秦羽菲叹了口气，还是答应了戴志国。

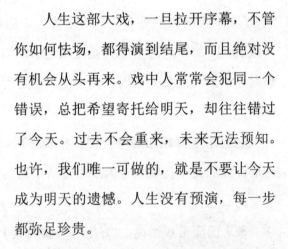

Chapter 11

第十一章

人生这部大戏，一旦拉开序幕，不管你如何怯场，都得演到结尾，而且绝对没有机会从头再来。戏中人常常会犯同一个错误，总把希望寄托给明天，却往往错过了今天。过去不会重来，未来无法预知。也许，我们唯一可做的，就是不要让今天成为明天的遗憾。人生没有预演，每一步都弥足珍贵。

秦羽菲到的时候，戴志国已经早早到了，在金都大酒店十二楼一间装修豪华的房间等着她。外界风传，市里那些有实权的头头脑脑们都在外面有个隐秘的住所，那些不能在办公室和家里完成的见不得光的交易就在这里进行。现在看来，这些传闻绝不是空穴来风。她一进来，戴志国马上一副绅士派头，起身和她握手，打着哈哈说："小秦，你今天是我见过你的最美的时候！"

这话其实就是在调笑了，秦羽菲说："戴书记，你不但官儿大，哄女人也有一套啊！"

戴志国哈哈大笑，放开她的手说："我算是看出来了，你对我的印象就好不起来了！这可太叫人伤心了！"

饭菜精致而简单，一瓶高档红酒也已经开启。戴志国笑容可掬说："这是我刚刚叫来的外卖，都是金都大酒店最有档次和品位的菜肴，这一瓶 700ml 的轩尼诗 1873，是法国进口的编号限量版正宗高档红酒。我想问一下，我们是为了周一斌干杯，还是为了高彦华，或者是为了我们俩？"

秦羽菲觉得戴志国今天说话格外讨厌，白了他一眼说："就为这瓶轩尼诗红酒而干杯吧！今天要不是沾了您的光，这酒我这一般人可是喝不起的！"

戴志国面带戏谑说："好好好！就为这个！"

戴志国频频举杯劝酒，秦羽菲虽然再三推辞，却也喝了不少。这进口的轩尼诗 1873 真是好东西，香气馥郁，口感柔滑，花香、果香、奶油香味及橡木香味完美平衡。在戴志国示范下，秦羽菲用手掌握住杯肚，酒温从低到高慢慢上升，酒香满屋子飘散开来，轻轻啜一小口，感觉更加饱满浓郁。她想有权有势的人可真会享受啊，戴志国看出她的想法，只是不点破。

在这场两个人的聚会中，戴志国谈笑风生，秦羽菲却心事重重，很快一瓶轩尼诗 1873 下去了一大半，她早已有了醉意，脑子直犯迷糊。

不知什么时候，戴志国忽然一句话不说，只是直直地盯着她，叫："菲儿！"

秦羽菲猛然抬头，惊愕地望着他一阵心跳，他叫得太亲昵了，连周一斌都没有这么叫过她！虽然她想说的话都还没有来得及说，可是此刻她头昏眼花的，本能地感觉再也不能和他待下去了。

她赶紧向戴志国告辞："戴书记，不好意思，我有些醉了！有些事情还没有说，可我也说不了啦！我先走了！"

戴志国起身快步走到秦羽菲跟前，说："别太着急了！我们还得再坐坐！"他打开包间墙壁上的一扇门，里面居然就是一处高档客房。他一拉秦羽菲，"这里环境很好，没有人会来打扰！我们再坐坐！"不由分说，拉着她进来就把门关上了。

这间客房布置十分讲究，整个屋子飘满了一种素雅却悠长的香水味道，巨幅裸男裸女纠缠在一起的黑白画像下面，摆着一张宽大的双人床，玫瑰色的床上用品让人想入非非。秦羽菲真的慌了，不但后悔今天来这里，更加后悔喝了这么多的酒。戴志国这个小人，看来早有预谋，居然找了这么一个匪夷所思的地方，这种浪漫和温馨，任谁都会猝不及防地被融化啊。她紧张地望着戴志国，唯恐他有什么不轨行为。

戴志国出人意料地没有进一步的动作，却相反很有风度地开始沏茶，用紫砂给自己泡了六安瓜片，又用白瓷给秦羽菲泡了祁红。这一套复杂的沏茶程序在他手上做得有条不紊，嘴里也没有停下，慢悠悠说："古人有诗赞美祁红：祁红特绝群芳最，清誉高香不二门。祁红香名远播，享有盛誉，是英国女王和王室的至爱饮品。喝祁红既能使人享受气定神闲的优雅，又可在保健美容方面得到意想不到的奇效，所以最适合你这样的美女品评！"

看秦羽菲一言不发的紧张样子，戴志国笑了笑，把茶杯放在她面前说："放心，我不是吃人的老虎，不会把你怎么样的！这几年，我老戴对什么都不强求了，不管是官场上的事情，还是女人的事情，都是愿者上钩！"

秦羽菲有些茫然地望着他，搞不清楚他到底要干什么。

戴志国说："今晚周一斌躲开不在家，就是让我请你吃饭的！"

秦羽菲愣住了："他不是去省城了吗？为什么要躲开让你请我吃饭？目的何在？"

戴志国似笑非笑说："目的？小秦，你是聪明人，你觉得他的目的何在呢？别忘了，我是干什么的！"

秦羽菲当然明白周一斌的目的，尽管她也清楚，为了一心往上爬，他会采取一些见不得人的手段，只是她仍然不敢相信，他为了升官，真会把自己老婆都赔进去。

戴志国不冷不热地说："周一斌给我说，这一年多时间，多亏了我的照顾和帮助，才使他有了一切！他的一切，既是他的也是我的，我想什么时候要，就什么时候拿！"

秦羽菲浑身颤抖，几乎瘫倒。她自认周一斌做人还是有底线的，这也是一直以来她对他有信心的原因所在。如果戴志国说的都是真的，那么世界上还有比他更加无耻的人吗？

戴志国踌躇一下，问："你知道他这几年都是和谁去出差吗？"

这还用问吗？秦羽菲觉得戴志国多此一举，周一斌出差大多不是和王曼丽一起的吗？

戴志国微笑说："你肯定知道，他每次出差当然都是和王曼丽！"

秦羽菲突然索然无味，斜眼看着他。戴志国意味深长地一笑："不过，具体出的什么差可就不好说了！"

秦羽菲一愣，他这是话中有话呢。她盯着戴志国，心里一阵阵直发冷，只有定定神，强自告诉自己不要去多想。但是，戴志国这话实在是过于露骨了。

秦羽菲深吸一口气，颤声问："什么意思？"

戴志国答非所问说："有一个晚上，夜里两点多，你给周一斌打过电话。后来王曼丽还跟着给你打了一个电话。对吧？"

这事的确有，可戴志国怎么知道的？周一斌和王曼丽不是都说在开会吗？周一斌后来曾经解释说，最近在建的市一中新校区教学楼出了质量问题，上面正在调查，所以局里没黑没明地开会，督促相关建设工程对违规问题进行整改。秦羽菲疑惑的目光越来越重，忍不住大声质问："难道，周一斌和王曼丽……"

戴志国说："就是王曼丽半夜给你打电话的那一天，她为了推荐周一斌升迁，在金都大酒店宴请我这个管干部的市委副书记和组织部长。那一次王曼丽十分热情，为了让周一斌当官，可是不遗余力的，酒就一直喝到了半夜。我后来听说，王曼丽和周一斌送我和组织部长走了以后，就在金都大酒店直接开房过夜。当然，这话谁也不会说，尤其是不会对你说！"

秦羽菲终于明白是怎么回事了，她想起上次王曼丽给自己打电话，劝她和周一斌和好的时候，曾经叫她惩罚周一斌，让她夜里多要他几次，她还让王曼丽别开玩笑了，王曼丽却一本正经说没有开玩笑，要是换了她，一定要这样，看他神气什么！现在看来，王曼丽当时说这话的时候居然是一语双关的。

秦羽菲心碎了，勉强支持着让自己冷静下来，眼泪汪汪地说："戴书记，你听我说句真心话好不好？"

戴志国豪爽地说："行，这年头，给我说真心话的人还真少了！"

秦羽菲说："在如今这个社会，你身边肯定不会缺女人。但是一个女人的心不在你身上，又有什么意思呢？你的心思我明白，但是，我们做个无话不谈的好朋友，不是更好吗？"

戴志国摇摇头，非常肯定地说："不，我的心思其实你不明白。现在社会仇富恨官闹医，我是官，你是医，我们都不容易！一开始，我所做的那些让你讨厌的事情，其实都是在开玩笑。从你上一次到我办公室请我帮高彦华开始，我已经完全把你当作一个好朋友了。只是因为我这个特殊的身份，你不仅从来不觉得，反而以为我对你花了心思，你先入为主太多心了！"

秦羽菲说："谢谢你能这么看！我身边的苍蝇实在太多了！"

戴志国调皮地说："但你不是有缝的蛋！"

秦羽菲悲伤地说："周一斌借着王曼丽的帮助，官运亨通。搭上你的关系，又平步青云。现在，他想当规划局长，所以多次叫我来找你！我真想不通，贪婪和欲望，会使一个人变得这么不可思议吗？"

戴志国说:"周一斌追求的是权力,而王曼丽贪恋的大概就是肉欲了!两个人一拍即合!当然,王曼丽贪恋的岂止是肉欲,还有金钱!当建设局长的这几年,建设工程遍地都是,她捞了不少好处!尽管她有人关照着,但是,这么做下去,一定不会长久的!"

秦羽菲伤心欲绝:"我不管她长不长久,我只伤心周一斌!"

第一次见周一斌的时候,戴志国就对他没有好感,虽然习惯了别人对自己阿谀奉承,但是周一斌那种奴颜婢膝的样子简直太过猥琐了,连带地他对秦羽菲也有了看法,这么矜持的女人,不是也为了帮老公往上爬不惜抛头露面向他巴结讨好?所以处处对她戏谑调笑。后来看到她是真的优雅高洁,渐渐改变了看法,只是对周一斌的感觉始终好不起来。他怎么也没有想到,周一斌为了升官,竟然会把老婆拱手送上门来。他见过的无耻之人多了,但像他无耻到这么彻底,还真是少见。他对秦羽菲嫁了周一斌这个市侩小人,感到万分惋惜。

戴志国说:"其实,你不了解,这些年为了往上爬,我时时感觉殚精竭虑。在这个艰难的过程中,我不知道自己付出了多大的代价!因为常年饮酒导致了肝硬化,心脏也有了严重的毛病,外人看起来我是何等的风光荣耀,可是这恶果谁知道呢?只能是我独自承担了。不知从何时起,我心底里对这个社会有了一种莫名的仇视。一个正直的人,在这样一个时代,要想做一番事业太不容易了。这些年,我之所以这么变本加厉地放纵自己,就是为了发泄对这社会的不满。如今,面对你,"他竟然有些热切地说,"我忽然觉得,自己这些年是不是失去了些什么?我变得连我自己都不认识自己了!本来我还担心自己会一直这么堕落下去！幸运的是，现在风气大为改观，我再也不用像过去那么表面飞扬跋扈，内心疲于奔命，我真的无比轻松！请相信我，周一斌给我几次送的钱我其实都没有装入自己口袋，而是送到该去的地方了！"

戴志国一反平日的严肃矜持说完了这些，自己居然有些不好意思了。在风口浪尖明争暗斗这么些年，他早已不是个随便就坦露心声的人了。这是第一次在一个人面前不设防地打开自己，他说完这些话，竟然觉得解开了头上的枷锁，似乎放下了什么重担一般。

秦羽菲渐渐平静下来，戴志国也真不容易。这个人沉稳霸气，在官场做事极有风格，是市里赫赫有名的铁腕人物，哪知道在内心也有非常虚弱的一面。其实在这个社会上，每个人都不容易啊！高彦华、戴志国不容易，自己又何尝不是呢？她黯然说："我要回去了！"

戴志国斜眼看着她："不再坐坐了？"

秦羽菲说："时间太迟了！"

戴志国说："我没有别的意思，你现在就回去，不想再问问高彦华的事情了吗？"

秦羽菲没有理他，拿起自己的衣服，不由分说出门下了楼。此刻，还有什么事情能比自己即将面对的事情更重大呢？别的什么都不管了，她要立刻见到周一斌，问问他，到底有没有戴志国说的这回事。夜风很冷，她不住地打着寒战。其实风冷，而她的心更冷。对戴志国的话，她仍然是半信半疑的。如果她全部相信的话，她不知道自己会怎么样，也不知道自己会做出什么事情来。

街道静悄悄的，四周一个人都没有，秦羽菲顾不上恐惧，一路磕磕绊绊奔跑着，只觉得有一团火在心里燃烧，两个声音争相在对她大喊。一个说："不会的，周一斌绝不是这样的！这是戴志国为了得到你，才使出的恶毒心计！只要你相信了，他就会乘虚而入！不能相信他！"另一个说："看吧，这就是你为之守身如玉的周一斌！你终于认识他的丑恶嘴脸了吧？戴志国说得对，他就是这样一个下流无耻之徒！"她感到自己的头都要炸开了，在极度的纠结和悲伤里，跌跌撞撞地回到了家里。

门推开的时候，客厅的台灯开着，周一斌的外衣很随便地扔在沙发上，秦羽菲有些疑惑，他已经从省城回来了？正好，她可以立即问他。她顾不上换上拖鞋，就往卧室里走。

走到卧室门前，刚想伸手推门，忽然听见里面传出了另一种很奇怪的声音。秦羽菲一时没反应过来，但是听了片刻，就察觉到是很粗重的喘息声，有男人的，也夹杂着女人的。她的脑子"嗡"的一下，一片空白，眼前一黑几乎栽倒在地。她一伸手，扶住了墙壁，侧耳细听，果然是两人在里面，而且还在说话。

男人一边喘息，一边口齿不清地说："你记得为什么那次我让你叫我姐夫而不是哥哥吗？"

女的一边呻吟一边也口齿不清地问："为什么？"

男人邪气地笑着："因为啊，小姨子有姐夫的半个屁股！这不，不是变成事实了吗？"

女人嗔怪地说："好啊，你从一开始就动了歪心思了啊，你真不是个好人！"

男人说："你上次不是说要整我的风吗？还是先让我好好整整你的风吧！"

　　这一段暧昧的对话一结束，男人的喘息更加强烈了，而女人的呻吟也更加的尖锐了。

　　秦羽菲轻轻地拧动卧室门锁上的把手，门没锁，一扭之下就开了。就在她和周一斌的大床上，两个赤条条的身子正纠缠在一起。这对男女太投入，连有人进来都没有发觉。

　　女人说："看谁到底整谁的风！"

　　她居然一翻身趴在男人上面，粗暴地动作着，而男人的呼吸越发粗重了。

　　秦羽菲目瞪口呆，愣愣地站在那里，手里的包"啪"的一声掉在地上，惊醒了迷醉中的一男一女。男的当然就是她的丈夫周一斌，在他的惊叫声中，那个赤裸女人看见面色苍白的秦羽菲，忍不住尖叫了一声，一把捂住脸。秦羽菲脑子"嗡"的一声，这实在太叫她意外了，这个女人居然是老相识——她当年的同事范丽芳！

　　设想了一万种可能，唯一没有想到的就是这一种。秦羽菲、周一斌和范丽芳三个人都呆若木鸡，面面相觑，谁也不知道该怎么办了。秦羽菲心里悲鸣一声，只觉天旋地转，差点儿没晕倒在地。科室里有好多人早已是笑傲春风的出墙红杏，但她绝没有想到这些姐妹中会有人让她后院起火。这一刻她恨死自己了，范丽芳年轻漂亮，眉目可以传情，言语温存体贴，身上有一种五月花朵般的天生风流灵巧，本就是男人的勾魂杀手，自己为什么要把她带回家来呢？

秦羽菲的反应连自己都十分吃惊：她既没有冲上去大声呵斥他们，也没有对周一斌或者范丽芳大打出手。她只是平静地一言不发地走出去，重重地把门甩上，似乎眼前的一切与自己无关。周一斌追过来，在后边绝望地喊叫："老婆！老婆！"

秦羽菲丝毫没有回头，门关上的刹那，周一斌听到了楼道里传来她惊天动地的号啕大哭。

跌跌撞撞从楼上下来，走到街头，街上早已没有了行人，到处漆黑一片，两边的行道树影影绰绰，十分吓人。秦羽菲茫然走在街上，不知道该往何处去，天地之大，却没有她的容身之处了。

秦羽菲忽然下意识地觉得身边有人，心跳猛然加快。这么深的夜，是谁跟着她呢？她吓得肝胆欲裂，忍不住就要喊叫起来。还没等她喊出声来，身后传来戴志国的声音："怎么回事，夜深人静的又跑出来了？"

秦羽菲惊魂甫定，泣不成声说："我……，你……，你怎么会在这里？"

戴志国说："你走之后，我就出了酒店悄悄跟着你！本来我请你一起吃饭，就是要告诉你周一斌和王曼丽的隐私。但是告诉了你，我又很后悔，担心你回去和周一斌会发生什么事情！我知道他在家，在咱们一起吃饭之前，他来我办公室请我帮他当上规划局长，是我没有答应，他才让你来找我的！"

秦羽菲终于明白了，这一刻她完全崩溃了，不管不顾地扑到戴志国怀里号啕大哭。戴志国倒很善解人意，一点儿也不追问她到底发生了什么事情，只是轻轻地拥住她，拍打着她的后背，像哄小孩子，任她把心中的委屈发泄出来。

好不容易，秦羽菲哭得小声些了，戴志国才放开她说："看你这个样子，我想你大约也没有地方可去了，不如还去我那里吧！"

这话让秦羽菲有些厌恶，刚才涌上的对他的一点好感立刻一扫而空，她止住哭声尖刻地问："你是不是觉得，我现在会愿意把自己交给你？"

戴志国说："你放心，就算你愿意这么做，我也绝不会接受！我老戴做人也是有底线有原则的，再怎么也不会卑鄙到乘人之危！"

秦羽菲固执地问："为什么？你不想得到我吗？"

戴志国慢慢说："我不知道你受了什么刺激，但你如果这么做，只是对自己的放纵，也是对自己的糟践！我老戴承认很喜欢你，可是我的这种喜欢，并不是要和你发生些什么！从见你的第一天起，我就感觉到你身上有一种东西，总叫我莫名感动，对我这样内心早已刀枪不入的人来说，真的很奇怪！所以，我对你的事情总是特别关心！"

戴志国这话秦羽菲不是第一次听过，高彦华说过，卢伟光也说过。其实她一向也是对自己有自信的，阳光明媚、积极向上、善良坦诚，这是她为人处世的原则。这是一种精神，一种风骨，是她一向最引以为傲的东西。

戴志国给秘书小王打电话，不容置疑地说："你现在就来金都酒店，马上！"他转头对秦羽菲说，"现在可以了吧？有秘书在，我不会把你怎样的！"

戴志国带着秦羽菲回到金都大酒店的时候，小王已经在那间客房等着他们了。看到戴志国和秦羽菲，他一点儿惊讶的表示都没有，什么话也不说，扶着哭得连走路都没有力气的秦羽菲坐到沙发上，拿来毛巾给她擦脸。

深更半夜和戴志国在一起，本就觉得难堪，而且往日里没有少厌恶小王的颐指气使，现在却享受着他服侍戴志国般细致周到的照顾，秦羽菲微微有些不好意思。在明亮的灯光下，她的两只眼睛哭得早已肿成桃子，戴志国看在眼里，长长地叹了一口气。

"明月几时有，把酒问青天，不知天上宫阙今夕是何年……"秦羽菲的手机响起来，是周一斌的电话追着打来了。她想都没有想直接挂断。周一斌再打，她决然挂断后又关了机。她不想看见这个人，也不想听见他的声音。

戴志国坐在旁边不说话，一动不动看着她。小王善解人意地退到洗漱间，很显然是不想让她面对他更加尴尬，这让秦羽菲微微对他也有了一丝好感。

秦羽菲说："以前是我看错你了！"

戴志国微微一笑说："知我者谓我心忧，不知我者谓我何求！你是不知我者，当然觉得我对你怀着心思！我做事从来不后悔，可是把周一斌和王曼丽的隐私告诉你，这件事情我却真的后悔了。我是不忍心看着周一斌再欺骗你，但现在你痛苦的样子更叫我于心不忍！"

秦羽菲抽噎着说："纸终究包不住火，你不告诉我，我不也会亲眼看到吗？"

她实在太累了，哭着说着，无力地蜷缩在沙发上。戴志国拿过毯子给她盖上，心里好一阵痛惜：这样的女人，是应该有个男人好好疼爱珍惜的！

时间过得很快，折腾了半夜，天色已经渐渐亮起来。戴志国再三叮嘱她之后，带着秘书走了，把秦羽菲一个人留在这里。

秦羽菲不吃不喝哭累了睡，睡醒了接着哭，第三天中午，才从昏睡中醒来。再也不能这么哭下去了，有些事情一旦被发现，就再也不能装着什么都不在意了。她洗了把脸，在附近随便吃了些东西，把两天多时间里水米未进的肚子填满了，心里竟然出奇的平静。

不记得哪位作家说过一句话：生活啊，你只需过好表面，而不要过分关注深处，这样你才不会悲伤和绝望！现在，秦羽菲觉得自己突然从生活的表面坠入深处，满眼看到的都是从前未曾注意的真相。奇怪的是，她竟然并不觉得太过绝望，心中更多的是遍地狼藉的空虚。

打电话给周一斌，秦羽菲语气异常的柔和："你在家吧？我马上回来！有些事情，逃避不是解决的办法，我们之间到了该好好说说的时候了！"

换了别人处理这样的事情，也许首先想到的不是坐下来谈，而是无休无止的闹。等到闹得满城风雨令人发指实在闹不动，再去想办法真正解决问题。秦羽菲不是这样的人，在她的人生信条中，以前没有"闹"这个字，以后也不会有。无论面对什么，她都习惯直奔主题，一剑封喉。

电话那头，周一斌没有接茬，但是她知道他听见了，就挂断了。夫妻多年，周一斌太了解秦羽菲的个性了，她不哭不闹，并不是不在意。

如果她哭她闹，事情就不是最糟糕的，也许还有挽回的余地。现在她是把巨大的痛苦在内心深处一再压迫，不让它决堤而出。在这样的平静背后，掩藏的其实是最大的决绝。

回到家里，周一斌坐在沙发上抽烟，满屋子烟雾弥漫，地上到处是乱扔着的烟蒂。一见秦羽菲，他手忙脚乱地摁灭半截香烟急急忙忙站起来，张张嘴却不知道说什么，只是一连声地叫："老婆！老婆！"

秦羽菲平静地说："我们离婚吧！我希望协议而不是上法庭！"

事情到这一步，周一斌什么办法都没有了，只是一再哀求她不要离开他。

秦羽菲面无表情看着周一斌说："你能不能告诉我，什么时候和你那位王曼丽走到一起的？"

周一斌羞愧地说："事到如今，我也不隐瞒了。王曼丽当了副局长，推荐我当办公室副主任以后，有一次她安排我和她一起出差，有了第一次。我当初以为只是偶然，慢慢才发现那一次就是她刻意安排的，她对此早有预谋，出差只是借口。窗户纸一旦捅破，以后我们就常常在一起了！"

秦羽菲说："你当办公室副主任是我们结婚前的事情，就是说你和我结婚之前，就已经和她在一起了！你可好啊，一边谈恋爱一边处情人，骑驴找马，一点儿都不耽搁！现在我才明白，我第一次在你宿舍见到王曼丽，你说她可能是来安排你们加班，其实并不是，她根本就是来找你的！"

周一斌脸色通红，说："我不是一直想出人头地吗？那时候，我想着把你从乡镇调回来，可是我们无权无势，一点办法也没有！我就想着和王曼丽在一起，让她帮我上位。等我自己有能力了，就可以把你调回来了！"

秦羽菲讥讽地说："那我可要感谢你啊，是你为了我，才不惜把自己给卖了啊！"

周一斌说："你别这么说，不过我这么做的目的，的确是为了我们这个家！我也想早点摆脱王曼丽，趁你没有发现之前一心一意和你好好过日子，所以认识戴志国之后，我就尽量巴结他，都是为了早日摆脱她。可是王曼丽一直纠缠，我也不敢怎么坚决地和她翻脸，只能敷衍着等待机会，毕竟她是我的顶头上司。去年春节，你不是要去给王曼丽拜年吗？我坚决不去，就是因为害怕你发现蛛丝马迹。你要理解我，我真的是为了我们这个家啊！"

秦羽菲一摆手，止住了周一斌说："那么范丽芳呢？你说，你和范丽芳在一起，也是为了我们这个家吗？"

周一斌说："和范丽芳在一起，的确是我不好，我怀疑你和高彦华，心里嫉妒，就想干脆让你去找戴志国，帮我当上局长。我就借口去省城办事，创造机会让你和他在一起。可是我一想到你和戴志国有可能发生些什么，就嫉妒得简直能发疯。那一晚我一个人在外面喝酒，正好碰到范丽芳，我就带她来家里了！"

秦羽菲简直气疯了，没有想到，叫范丽芳来家里真的是引狼入室啊，亏自己还想着范丽芳回去的时候，让周一斌去送她，不用自己操心，他们居然早就走到一起了。她现在终于明白，前几天她给范丽芳打电话的时候，为什么范丽芳会那么吞吞吐吐了。她质问："你和范丽芳是怎么……怎么搞到一起的？"

伤心愤怒之下，她仍然觉得这个"搞"字有些羞于出口。

市医院的道德风气并不好，常有医生护士屡屡犯男女作风方面的错误。这一点秦羽菲是知道的。就在不久前，值夜班的一个男医生和女护士被男医生老婆堵在了医办室，男医生落荒而逃，她老婆七窍生烟，把那可怜的护士一顿好打。这件事闹得鸡飞狗跳，尽人皆知，有人到现在还神秘地传说着，当男医生老婆破门而入的时候，那个漂亮护士衣服半褪趴在桌边，她老公正在后面暴风骤雨般冲锋陷阵。这真是太无耻了，可是那些犯错误的人还厚颜无耻振振有词：都是男医生和女护士值夜班，人非草木，难免日久生情！好在范丽芳和那些人不一样，短短半年的培训时间，有几个男医生围着她转，听说最终都铩羽而归，这让秦羽菲颇感欣慰，有一种找到同类的感觉，一直都把她当作好朋友。哪知道，就是她曾经以为冰清玉洁的这位好朋友，却暗度陈仓来挖她的墙角。范丽芳这个未婚女子，还有廉耻吗？

周一斌说："上一回范丽芳来咱们家调解我们的矛盾，以后她常常给我打电话。那次我认她做小姨子，知道她对我有好感。我送了很多礼物给她，还给过她两万块钱！那次我装作喝醉酒试探她，她没有拒绝，我就带她来家里了！"

秦羽菲问："你哪来那么多钱？"

周一斌说："都是那些包工头送的！"

秦羽菲带着哭腔道："你们俩可真是人才啊，短短才几天，你们就搞到一起了！你们……你们真无耻啊！"

周一斌低下了头："我知道错了！老婆，求求你原谅我吧！"

秦羽菲问："你不是给我道过歉了，说你不再听信谣言了吗？为什么还怀疑我和高彦华？你其实根本就没有做到，对吧？"

周一斌说："不是我没有做到，是我太在乎你了！我听赵大生说，你是高彦华的情人，那段时间你对高彦华的事情特别关注，再加上是他把你从洪河卫生院调回来，你一直对他很感激，赵大生的话不能不叫我相信！"

秦羽菲鄙夷地说："你以为人人都像你那么龌龊吗？我还天真地以为你不再听信谣言真心实意对我好！你觉得既然我已经和高彦华在一起了，就不差再和戴志国在一起，是吗？所以你故意编造了去省城的理由，却让我去找戴志国为你跑官！周一斌，你怎么就这么无耻，这么下贱呢？"

周一斌懊悔地说："老婆，对不起，是我不好，都是我的错！你就原谅我吧？"

秦羽菲伤心而愤恨地说："怪不得你每次和我在一起总是力不从心，原来你把一切都给了你亲爱的王曼丽啊！"

周一斌无比羞惭地说："王曼丽的确是无休止地要，刚开始我还十分得意，只要她需要我，就会帮我实现我的理想。但是后来她变本加厉地要，我都有些怕她了……"

这简直太恶心、太龌龊了！秦羽菲摆摆手示意他不要再说下去。她望着周一斌，悲哀地想，就是这个人，当年口口声声"我欲与君相知，长命无绝衰。山无棱，江水为竭，冬雷震震，夏雨雪，天地合，乃敢与君绝"，如今却在接二连三地伤害她！

周一斌急切地说："老婆，都是我不好，你原谅我吧，我再也不会这样了！我向天发誓，会好好爱你疼你！你再给我一次机会吧，我们重新开始，好好过日子！"

秦羽菲逼视着他："你觉得还有这个可能吗？你的誓言还值得我相信吗？"

周一斌哑口无言看着她，她毫不容情，任凭他怎么哀求也不心软。他神情落寞，长叹说："我一直觉得我们会相亲相爱不离不弃走完这一生，谁能想到会走到离婚这一步呢？真是太悲哀了！"他追悔莫及说，"如果这一切都没有发生，该多好啊！"

秦羽菲目光炯炯，冷气逼人："早知今日，何必当初？你不择手段，一心只想往上爬，你，还有你那个红颜知己，早晚会付出代价的！有一句话你记着：人生没有如果，只有结果和后果！现在就是你承受结果和后果的时候，就不要天真地再去想什么如果了！在我搬出去前的这段时间，请你不要回来了，我不想看见你！"

周一斌走出去的一刹那，秦羽菲觉得，这个和自己同床共枕多年的人，从一开始她其实就不了解他，多年以后，更加不了解了。

第十二章

Chapter 12

你可知道，是谁在身后向你痴痴凝望，目光热切而又凄迷？如果你能慢慢靠近且用心倾听，我有关于你和永恒的歌声！大学时代，秦羽菲写过这样的诗句。在青春逼人长发飞扬的最美好的年华里，她轻易相信，只要用心守着一个人，一辈子也不过就是一个短短的黄昏。青春岁月里，同时钟情文学和爱情的人，内心会是多么富有啊！文学让她细腻，爱情叫她敏感。因为文学和爱情，单纯的青春岁月注定要变得甜蜜而又酸涩！可是，没有了文学、爱情这些字眼，青春会变得苍白、虚假！没有文学和爱情的青春，还能叫青春吗？因为文学，谁的青春不张扬？因为爱情，谁的青春不缠绵？

签完离婚协议五六天之后的一个下

午，秦羽菲强自压制住心底的悲伤，装作什么事情也没有发生回到了公公婆婆的住处。她在超级市场买了一大包东西，有给孩子的零食，也有给公公婆婆的补品。公公婆婆大概已经听周一斌说了他们离婚的事情，都担忧地望着她。她匆匆扫视他们一眼，赶快逃开眼神，她怕自己抑制不住会哭出声来。

婆婆想说什么，才为难地张张嘴，她马上摇摇头，示意什么都不想听，然后就把自己和儿子豆豆关进了卧室。就算她能把什么都放下，也放不下儿子。看着孩子天真的笑脸，她的心都碎了。三岁的儿子不知道妈妈的心事，扑到她怀里直撒娇。

哥哥离婚对父母亲打击很大，秦羽菲一直在心底祈祷，让哥哥尽快能新娶一个嫂子，好教父母放心。哪知道哥哥的事情还没有解决，自己又走上同一条道路，父母亲真是命苦啊！一旦知道自己离婚，他们该多伤心！她把脸紧紧贴在儿子脸上，泪水长流。

儿子看到妈妈的眼泪，歪着头天真地问："妈妈怎么哭了？"

秦羽菲强笑说："妈妈看见豆豆高兴得哭了！"

儿子懂事地说："那以后豆豆就永远和妈妈在一起，妈妈就不会哭了！"

秦羽菲心在刺痛，泪水更加汹涌，只好使劲点着头，哭道："嗯，豆豆和妈妈永远在一起！一会儿也不分开！"

和儿子玩了一会儿，秦羽菲强忍着悲痛回到自己的家里。暮色渐渐笼罩了这个城市，她一动不动站在窗前，凝望着远处渐次亮起的万家灯火。她不知道自己已经站了多久，还要站多久。这几天，她抽空去了一趟医院，把所有的手续都交给了江小曼。江小曼狐疑地问她发生了什么事情，她只推说想休息几天。

躺上床，她翻来覆去睡不着。有一件事情，她必须要好好想想。她很奇怪，和周一斌离婚的事情，她很快就做出了决定，似乎没有这么纠结过，为什么这件事情，思考再三，还拿不定主意呢？其实她也明白，这件事对她来说毕竟是太重大了，只要迈出一步，就必须坚定不移地走下去，丝毫没有回头的可能，而她在这个医院、这个城市，也将没有立足之地了。

耳畔秋风萧瑟，内心思潮翻涌。夜已很深，秦羽菲思量再三，终于下定了决心。起床披了一件衣服，来到书房打开电脑，飞速写了一份举报材料。斟酌再三，最后修改满意了，才打印出来。看看已是凌晨3点，她才上了床。往日里辗转反侧难以入眠，这次却分外踏实，马上沉沉睡去。

不知道过去多少时间，秦羽菲被手机铃声惊醒。揉揉眼睛，望一下手机，已是下午4点多。这一觉从凌晨3点一直睡到现在，连个梦都没有做，她真服了自己了，这个重大决定一旦做出，居然会变得如此不急不躁心安理得！

电话是黄晶晶打来的。江小曼把她的反常情况告诉了黄晶晶，两人都猜不透她到底发生了什么，好几天不见她，都着急了，轮番打她手机，却一直关着，今天好不容易才打通。

黄晶晶责怪地问："你干什么啊，这些天玩失踪呢？"

秦羽菲掀开被子站起来，心在流血，却没事似的淡淡地说："还能去哪里？在家里睡觉呗——"

她的声音听起来是如此平静，连她自己都有些意外。

黄晶晶找到她，终于放了心，在那边神秘地笑起来："什么？太阳都过了中天了，你还睡？这两天你到底怎么了，一直不上班？说说，是不是和哪个男人在一起？"

秦羽菲懒懒地伸了一下腰，淡淡说："不想干了！"

黄晶晶嘿嘿一笑，压低声音问："骗人！好好的会突然不干！老实坦白，真和哪个男人走到一起了吗？你行啊，我可知道你们周一斌这几天不在家！"

秦羽菲想：我倒是想有个疼我爱我的男人，可是有谁会呢？我现在是个没有男人要的女人了！这么一想，悲从中来，眼泪又哗哗直流。既然现在已经和周一斌分了手，也就没有什么好隐瞒的了，反正这件事情黄晶晶她们早晚也会知道的。她强压悲哀，清爽嗓音一本正经地说："我告诉你一件事情：我离婚了，而且，不想再在这里待下去了！"

黄晶晶意外地叫起来："什么什么？你说什么？我马上过来看你！见了面再说！"

黄晶晶叫了江小曼很快到了，进门的一刹那，两人都面面相觑起来：秦羽菲是个十分爱好整洁的人，现在家里却乱成一片，她本人更是显得憔悴哀婉，仿佛秋风中的一片黄叶。看这样子，一定是发生了什么重大事情。

黄晶晶叹息道："菲儿，难道你说的都是真的！唉，不用问，事情一定是真的了！"

江小曼满脸悲戚，也不知道是在问自己，还是问别人，只是一连串地叹息："怎么会这样呢？怎么会这样呢？"

秦羽菲虽然悲伤，见到姐妹们却没有过分失态，招呼两人坐下。她们急切地问她到底怎么回事，她不想饶舌，也不想提及更多的人和事，只简单地告诉她们和周一斌协议离婚的事。

江小曼搂住秦羽菲，眼泪婆娑："我们老同学，一样的命运啊！"

秦羽菲的此刻，正是江小曼的过去，她应该最能理解她了。

黄晶晶叹息道："菲儿，以后怎么打算？"

秦羽菲若有所思道："我还有一件重要的事情要做，完了以后，也许会离开这个地方！这里，太让我伤心了！不过你们放心，我会挺过去的。尽管生活抛弃了我，而我还得继续生活！"

黄晶晶、江小曼陪着她流了很多泪，说了很多安慰她的话，她都静静地听着，仿佛那些事情都与她无关一样。她们走后，她很平静地拿起早已写好的这份举报信，交到了市里的执纪机关。

秦羽菲举报的是市医院副院长赵大生。送出这份举报信之后，她就在焦急地等待着消息。时间一天一天过去，在她等待得几乎失去信心的时候，忽然听到消息，市里相关部门将赵大生叫去谈话，之后他就再也没有回来。据说，在询问中，赵大生除了那些人所周知的问题以外，还有很多经济问题，估计他再也回不来了。

秦羽菲听到这些话，心里悬着的一块石头彻底落了地。

这几天她一直没有出门，这个傍晚她很平静地来到外面。夜色开始降临，她在街上慢慢地走着，深秋的晚风吹得到处一片凄凉。她漫无目的地走着，不知道自己到底要去哪里。来到一家灯火昏黄的咖啡店，信步走了进去，在一个角落里找了个位子坐下，要了一杯咖啡慢慢喝着，耳边悠扬而又幽怨的萨克斯曲《回家》如泣如诉，催人泪下。她恍然惊觉，走了这么长的路，原来就是要到这里来怀旧的。

秦羽菲记得，多年以前，这里还是一个小饭馆，卖的是快餐。她刚刚参加工作，第一次到市里来出差，周一斌就是在这里请她吃饭的。那时候，虽然她们的关系已经确定，但她是个很害羞的人，周一斌连她的手都没有拉过。就是那次，恰好是平安夜，街道里到处站满了灯火璀璨的圣诞树。在这个小店吃晚饭，周一斌给她拿苹果吃的时候，忽然停电了，黑暗中他冲动起来，大胆地亲了一下她的脸。虽然只是蜻蜓点水式的轻轻一下，她差点叫起来，随后一种巨大的战栗般的幸福感传遍了她的全身。周一斌见她没有反对，狂喜之下，拥住她热吻起来，电来的时候，他们还吻在一起。就是这一次，他们的关系才突飞猛进的。这个小店，一直在她心中有着特殊的意义。

现在秦羽菲就坐在当年那个位置上，往事一幕幕浮现在脑海。当年的快餐馆现在改成了咖啡店，秦羽菲和周一斌有时候也会来这里坐坐，每次都会选择当初坐过的这个角落。这里，承载着他们多少甜蜜的回忆呀？可惜，时过境迁，那种甜蜜再也无处可寻了！她慢慢地喝着苦涩的咖啡，眼里渗出晶莹的泪光。肯尼·基的萨克斯曲《回家》还在婉转低徊，秦羽菲哀怨地想：回家，回家，如今，我的家又在哪里呢？

多年以前，周一斌还是个文学青年，在两地分居的日子里，思念她的时候，曾经写过一首题目是《吉他练习曲》的诗，其中的缠绵悱恻感动得她泪雨滂沱。后来她一遍一遍地吟诵，都能背过了。现在，这首诗又如泣如诉地响在她的心头。"我骨血双寒，心已成灰，在雨中徘徊，那些相约和许诺早已走远。"难道多年以前周一斌的矫情，居然暗示着他们的未来？

　　前世注定的秋天。这把吉他就是你的家。黄昏，我进入心形音箱，十指含泪，打开爱情高高的门扉，醉倒在往事怀中。

　　开始，我还在大地的中心聆听。在一张落叶上，我还坚持着那种姿势。我的王，现在我一语不发。白色的拨片，像鸟群在灵魂上飞翔，我和这群失去温度的心一起流浪。穿过岁月的河流，是谁在岸边痴痴守望？使夜色比冰更冷，比水更苍茫。我的王，道路就此失去不再复归。

　　多少年后，谁又肯静静坐入秋天，听一回月光里痛切的歌声？谁，情愿把双手伸给远方，凭着爱情，让枯黄的大地重新变得满目青山？我的王，敲打我，弹奏我。告诉我，缘是怎样的一种痴迷？

　　这太凄婉，练习一首为你写的曲子，无异于引火焚身。我不知道怎样适应其中的悲欢离合。我骨血双寒，心已成灰，在雨中徘徊，那些相约和许诺早已走远。

　　这是一个秋天的黄昏，情事无言，琴弦尽断，没有人知道与谁有关。

不知什么时候，咖啡店里人都走光了，秦羽菲还在坐着出神。后来，服务生过来礼貌地提醒她，她才回过神来，歉意地笑笑，走了出来。天下起了雨，在萧瑟的夜风里，她慢慢走着，任秋雨淋湿全身，心中一片呜咽。

街道已经很少有人走动，只有时不时过来的车辆呼啸而去。霓虹灯流光溢彩，宛如梦幻世界。尽管以前她多次和周一斌牵着手在夜色下散步，但每次她都沉迷于夜景的瑰丽，却从来没有发现差不多所有的霓虹灯都缺笔少画。现在她如梦初醒地觉得让她沉迷其中的梦幻世界原来本是残缺的。她不由地安慰自己，世界本来就是残缺的，何必执着于已经失去的海誓山盟呢？

好长时间再没有回老家江离了，秦羽菲买了好多东西，搭乘清早第一趟班车回家去看望父母亲。哥哥离婚以后，父母亲变得沉默了，以前经常带着家里出产的蔬菜和水果来市里看她和儿子豆豆，现在却只是偶尔打个电话。就是电话里，也只是淡淡说上几句就挂断。她知道，父母亲依然沉浸在对哥哥命运的担忧中。而她也不太敢回去，怕引起他们的伤心。现在，她却不能不回去。在班车的颠簸中，她的心快快的，好几次想哭都强忍住了。

江离小镇，春夏时节满目苍翠，风景秀丽，宛如人间天堂。但是一到秋冬，木叶落尽，则变得灰暗萧瑟，恍若秦羽菲此刻的心情。她记得上大学的时候，满头银发的老教授讲过，江离又名蘼芜，古人相信可以治疗妇女不孕之症。照此看来，江离也好，蘼芜也罢，都应该暗示一个大团圆的结局。但是在古代诗歌中，蘼芜恰恰却多和夫妻分离或闺怨有关。她想，冥冥之中，莫非江离就像一道谶语，早已注定自己只能与幸福擦肩而过吗？

从村口进来，村子里比上一次回来看到的还要破败。接近年关了，那些外出打工的人本该陆续回来，然而如今回来的人却一年比一年少，也许再过几年，村子里就只剩下那些年迈无法外出的老人，而要不了多久，这些老人去世，这个村子也就差不多湮灭无存了吧？

回到家里，已快中午，父母亲都在家，侄女照例上学去了，小侄子在地上玩，看到姑姑回来就亲热地扑上来缠着她。哥哥回来处理完婚姻上的事情之后，又外出打工去了，总算嫂子后来让了步，把两个孩子都留下了。父母亲比上次见到更显苍老了，她心里一阵隐隐的刺痛。母亲看她回来，忙着给她端上家里产出的苹果和核桃，说了几句话，就收拾做饭去了。

父亲变得更加沉默，抽着旱烟，好一会儿才问："周一斌怎么没有一起回来？"

秦羽菲掩饰着内心的悲伤强作笑颜说："最近他太忙了。您知道的，建筑市场出了很多问题！"

父亲点点头，说："我知道。你也要劝劝他，工作起来还是要注意休息。最重要一点，"父亲看看她，继续说，"他现在的岗位实权在握，切不可做下一些不该做的事情，悔恨可就来不及了"！

秦羽菲连连点头，说："我会劝他的！您放心！"

父亲的话让她心底一阵刺痛，她暗自想，哪里还有劝他的机会啊，他早已做下了不该做的事情，现在真的是回不去了！一时之间，眼泪差点儿掉下来，赶紧装着眼睛不舒服，使劲儿揉了揉，趁机把眼泪擦掉。她心里有事，又怕父亲再问什么，简单说了一会儿话，就给母亲帮忙做饭。

吃饭的时候，秦羽菲斟酌再三，才说："我最近要出一趟远门。医院派我去进修，得一年时间。而且，任务很重，课程排得很满，中途不一定能回来呢！"

父亲还没有说什么，母亲已经望着她疑惑地说："怎么又要去进修？不是到省上医院进修过了吗？不是我说你，不要只顾着工作，不操心家里的事！你看看你哥哥，到现在还没有找下合适的人，往后的日子怎么过呀？"

母亲说着话，眼泪吧嗒吧嗒直滴。秦羽菲强笑说："我知道的，妈，您不要担心。哥哥的事一定会解决的！"

父亲沉默了一会儿，说："进修不是每年年初才去吗？怎么会在年底？这事你们商量过了，周一斌同意吗？好几次你都是一个人回来，也不见他，我和你妈很担心你们再闹什么矛盾！你去进修一年时间，周一斌又当爹又当妈的，行吗？你要记住一点，不管你将来能做多大的事情，对女孩子来说，家始终是比什么都重要的！"

父母亲轮番这么说，秦羽菲真的有些招架不住，只好一个劲儿说："我知道的，您二老就放心吧！进修的事情，周一斌同意的！再说，一年时间也不长，很快就过去了！"

吃完饭，秦羽菲不敢再待下去，她怕父母亲会看出破绽。父亲问她进修为什么不在年初，看起来已经在怀疑她了。当她提出要走的时候，母亲留她住一晚再走，她哪里敢住呢？直说单位的事情还很多，进修之前要一样一样交代给同事，没有时间留下来陪老人。

匆匆告别父母亲，秦羽菲又搭乘返回市里的最后一趟班车，赶回家里。一路走，她脑子里母亲担忧的眼睛和父亲沉默的表情怎么也挥不去。她的眼里满是泪水，只想找个没人的地方大哭一场。父母亲的命运怎么这么悲惨呢？他们可是一辈子老实巴交地做人，从来没有做过昧着良心的事，上天怎么就对他们如此不公、如此残忍呢？

这年头，消息最灵通的要算微信朋友圈，好些事情都是在这里传播然后家喻户晓的。不知是谁的朋友圈最先传播，很快大家就疯转，有关本市的两条立即炙手可热，成了传播最广的消息。第一条最引人注目，说的是市建设局局长王曼丽接受调查了。组织查明，王曼丽为了当局长，不惜委身给人，升迁以后，又在本系统下属单位干部中公开卖官，谁想往上爬，不花血本，别想过她那一关。而她的所谓"血本"，除了金钱之外，还有明目张胆的暧昧。为了升官，和她有那种关系的下属为数不少，周一斌只是其中之一。第二条是市医院药品回扣事件，经过有关部门一个多月的努力，终于查清了整个事情的来龙去脉。副院长赵大生痛哭流涕，对自己的堕落追悔莫及，等待他的将是被提起公诉。

因为退赔赃款，加上戴志国的运作，高彦华被免予刑事追究。高彦华回到医院，很平静地搬出了院长办公室。虽然没有追究他的刑事责任，但市里已经对他行政免职。他看起来有些沧桑，不过却一副波澜不惊的样子。市医院他不好再待下去了，市卫生局很快下文把他调到市第二人民医院。他本就是市里著名的骨科副主任医师，退回去当医生又干了老本行。

有个下午，在市第二人民医院骨科上班的高彦华，忽然很想和秦羽菲一起坐坐。他已经知道，在自己接受调查的时候，她曾经做过很多。不管她的那些努力最终有没有起到作用，自己都应该感谢她。何况他一直以来，还对她怀着一种说不清道不明的情愫。正是这种情愫，才让他孤注一掷，向赵大生奋起反击的。虽然这次自己付出了惨痛的代价，但是他不后悔。比起以前那些软弱退让的日子，现在他感觉格外轻松。什么都放下了，这反而让他有了做人的尊严。

高彦华打秦羽菲电话，没想到却是停机。他想到了黄晶晶和江小曼，这是秦羽菲在市医院里最要好的两个人，他虽然不知道周一斌和秦羽菲的事情，但是却知道找她绝对是不可以问周一斌的。

在一家饭店的小包间里，高彦华见到了曾经的下属。三人见面相互淡淡地寒暄着，这一年多时间里，每个人都经过了意想不到的变故，看穿了人生的真相，人人都变得这么坦然。

高彦华问："你们知道秦羽菲现在在什么地方呢？"

黄晶晶说："不久前，她人已经走了！"

高彦华十分意外："为什么？为什么她要放弃这份工作呢？难道她忍心把家和孩子都抛下吗？"

黄晶晶看着他说："她还有家吗？发生了这么多的事情，你叫她如何承受？"

看高彦华吃惊的样子，才明白他根本就不知道最近发生过的这一切。想起这段时间高彦华在接受审查，黄晶晶和江小曼恍然大悟。他恍复自由不过才几天，虽然周一斌和王曼丽的事情早已成为地球人都知道的重大事件，但无论什么时候，都绝不会有人在高彦华面前说起的。

江小曼说："你不知道，周一斌亲手把他们建立起来的家打碎了！秦羽菲只好选择离开。不过要我说，这次她走得好！比较起来，我的身上，欠缺的就是这份决断！"

高彦华弄明白了事情的前因后果，愣了半晌，才叹息说："我真后悔，当初不该把她调到市医院！是我毁了她啊！她真是成也高彦华，败也高彦华！"

黄晶晶说："不是你的错！宿命一点儿说，人各有命，无法摆脱！"

高彦华黯然问："她去哪里了？你们一定知道的！"

黄晶晶说："秦羽菲有个医学院的同学，现在在某市一家医院担任心内科护士长，帮她联系了她们医院的心内科护士岗位，她辞职去了那家医院。在省人民医院培训的时候，她就在心内科，应该说是很对口的！你就放心吧！"

虽然黄晶晶叫高彦华放心，其实她自己一点儿也不放心。望着高彦华的背影，她长长叹了口气：秦羽菲人是离开了这个是非之地，可是她千疮百孔的心灵会不会修补得圆润如一呢？

高彦华和黄晶晶、江小曼见面的事情，是黄晶晶在几个月以后和秦羽菲通电话的时候告诉她的。此前，办好辞职手续的秦羽菲早已搭乘航班去了乌鲁木齐。

飞机穿过厚厚的云层向前飞行，穿过窗户望去，大地一片雾蒙蒙的，恍如法兰德斯派画里阴郁的背景，像极了秦羽菲此刻的心情。邻座显然是一对恋人，男人大女人很多，便将老男人的关怀体现得淋漓尽致。触景生情，这让闭上眼睛依然有嬉戏声传入耳朵的秦羽菲更加受伤。今天正是平安夜，餐车给每个人提供了一只苹果，邻座恋人又开始互相喂苹果，男人温柔的样子很犯贱。秦羽菲望着这只又大又红的苹果，心中浮想万千。在小饭馆里和周一斌度过的那个平安夜又浮上心头，那一次吃到的苹果，恐怕是她人生中最甜的苹果。想起那些，她说过不再悲伤，这一刻还是泪流满面。

离开这个城市的前一天，秦羽菲最后一次给戴志国打了电话。戴志国曾经告诉她一件事，更让她痛感自己当初遇人不淑，居然和一个卑鄙无耻的人生活了这么多年。

事情还是跳不出周一斌不择手段往上爬的老一套。就在公示提拔干部的公告在网站贴出之后，周一斌看到自己到底没有当上规划局长，心中的失落和愤懑不可言说。老婆让戴志国占了便宜不算，他还把自己和王曼丽的事情全部告诉给她，让他偷鸡不成反蚀一把米。他觉得自己吃了大亏，气急败坏，找到戴志国，也不管他掌握着自己的前途命运，一进门就破口大骂："老戴，你这卑鄙下流的东西！你想别人的老婆想到挖空心思，不择手段！"

戴志国坐在大班台后面，悠然地抽着烟说："错！大错特错！你难道忘了，不是我想你老婆，而是你把她推了出去。有这么好的女人，还在外面胡搞乱搞，你可真行啊！我老戴打心眼里就是瞧不起你这种人渣！"

周一斌怒声说："我胡搞乱搞是我自己的事情，这不劳你操心。可是你为什么把我和王曼丽的事情告诉她呢？古人说，盗亦有道，你这算什么有道？你分明是在挖我周某人的墙角跟！"

戴志国依然十分冷静，抽了一口烟，吐出一个烟圈，看着它慢悠悠上升，才淡淡说："因为你不是个东西！有这么好的老婆，你不但不知道珍惜，反而想用她的身体去换自己的升迁，连我老戴都看不下去了！其实在你我之间，没有道的人是你，你丧失了做人的起码底线，就不要在指责别人了！"

周一斌被说到短处，气焰不再嚣张，但他当然不想就此放弃，垂死挣扎讨价还价说："抢别人的老婆，你还有脸教训我？如果她很好，就不会和你在一起！既然你占了我的便宜，就得给我补偿！这次我没有当上规划局长，我也不想当了，小小的规划局长根本不在我眼里！下次你要让我当上建设局长！要不然，我就把你抢我老婆的事情抖搂出去，咱们拼个鱼死网破、两败俱伤吧！"

戴志国鄙夷地说："你听着，我和她什么事情都没有！她真是瞎了眼，找了你这么个没有廉耻的家伙！到现在了，居然还想着利用她给你铺平升官的道路，真是太下流无耻了！你赶紧从我面前消失吧，你这样的人，我再也不想看见！"

戴志国这一席话，让秦羽菲的嘴角现在还泛起一种难以掩饰的鄙夷。周一斌这人是怎么了呢，居然可以如此没有底线？往事虽然过去，但留在心头的痛哪里能很快就磨灭呢？这一瞬，她的眼泪又汹涌起来。

飞机在地窝堡机场落地的时候，天空飘着雨夹雪，整个世界显得空濛迷离。昔我往矣，杨柳依依；今我来思，雨雪霏霏，默念着诗经的句子，她心怏怏地随着人流往外走。有一刻，她简直不知自己身在何处。在这个陌生的与内地风格迥异的城市，对未来生活的无法预知陡然让她惶惑不安起来。《挪威的森林》里说："每一个人都有属于自己的一片森林，也许我们从来不曾去过，但它一直在那里，总会在那里。迷失的人就迷失了，相遇的人会再相遇。"属于她的森林在何处？和她相遇的人又会在哪里等她？

在秦羽菲走神的时候，似乎有人大声喊她的名字。循声望去，她意外地看到，一个男人正举着一块写着她名字的牌子，在拥挤的人群里冲着她一边挥手一边高声喊着。她愣了一会儿才反应过来，这人居然是卢伟光。

自从周小慧一闹，卢伟光再也不能在市人民医院待下去了。相依为命的爷爷已经去世，他了无牵挂，决然辞职去了广州。当然他走的时候，依然没有放弃和秦羽菲一起走的想法。他固执地又找了她两回，被她再三拒绝后，才仍然很不甘心却又无可奈何地失望而去。他的同学一直对他虚位以待，甫一到就给了他副院长兼心内科主任的职务，并且还给了他医院的一部分股份。在那个医院，他做得风生水起。

秦羽菲奇怪，卢伟光去东南，她向西北，有一天居然还会遇见他。知道她搭乘本次航班来乌鲁木齐的只有黄晶晶和江小曼两个人，不是黄晶晶就是江小曼告诉他的。不管是黄晶晶还是江小曼，在这个陌生的地方，秦羽菲都因为出乎意料突然碰见卢伟光而格外激动。

卢伟光固执地说："我已经辞去广州的工作了，今后你在哪里，我就去哪里！"

平安夜真是个吉祥的日子，片片雪花当空飞舞，仿佛上帝正在给世间每个人赐福。在漫天雪花的簇拥下，秦羽菲望着卢伟光的目光渐渐温柔起来。她似乎看见，萧索的人间此刻有一份难得的温暖和宁谧正在慢慢弥散。